勇者系列
BRAVE SERIES

MAP

MAP

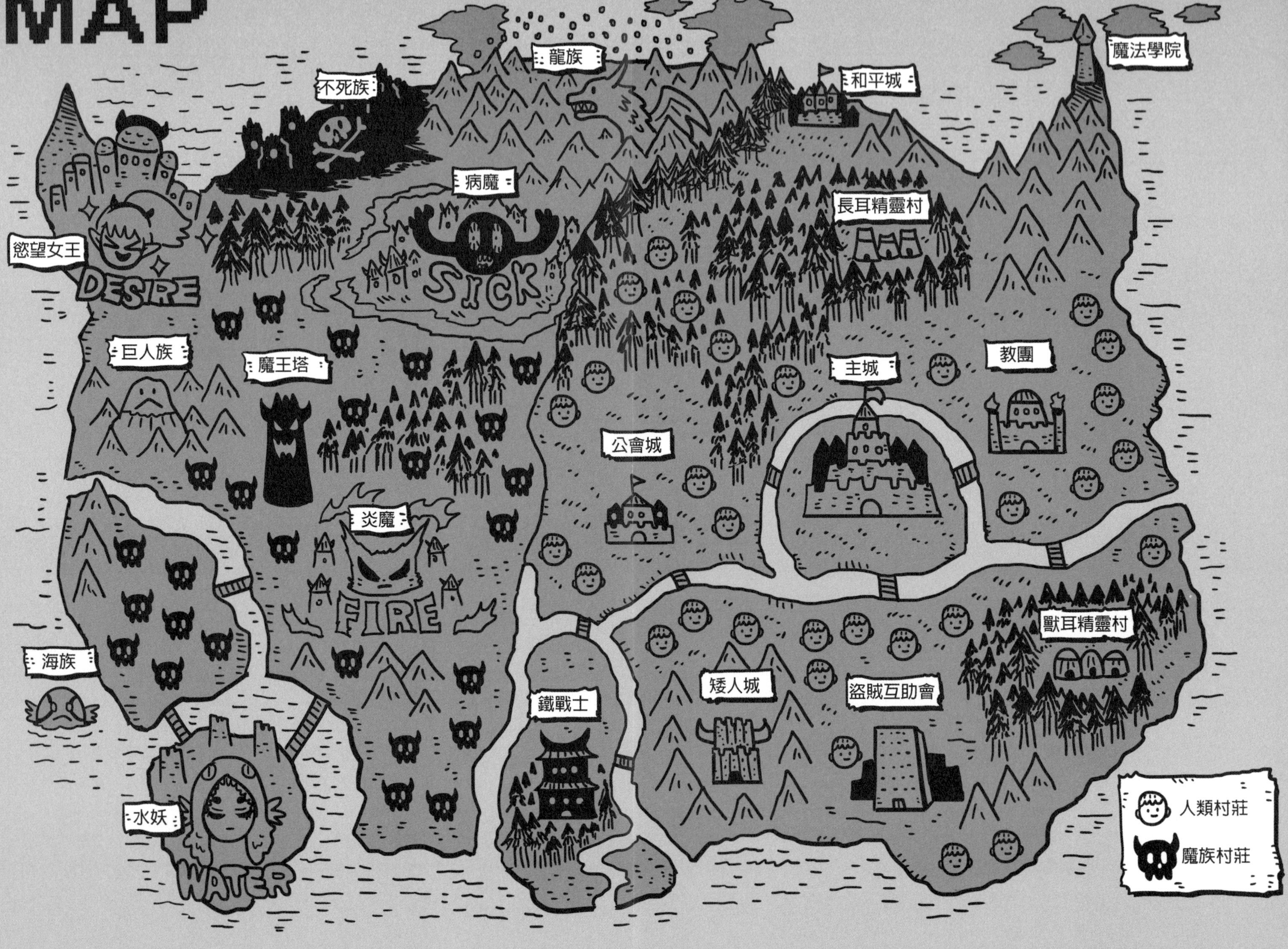
龍族
不死族
和平城
魔法學院
病魔
長耳精靈村
慾望女王
DESIRE
SICK
巨人族
魔王塔
主城
教團
公會城
炎魔
FIRE
獸耳精靈村
海族
矮人城
盜賊互助會
鐵戰士
水妖
WATER
人類村莊
魔族村莊

勇者系列
BRAVE SERIES

勇者與魔族四天王

YELLOW BOOK

前／言／

您好，我是本書作者黃色書刊。
首先要感謝手上拿著這本
《勇者系列／勇者與魔族四天王》的讀者，
你們的支持，對我來說是莫大的動力與鼓勵。

在《勇者系列》中，勇者、魔族、村民都是主角，
每個角色都有自己必須完成的使命，
也會面對到一些與自己毫無關係的「不重要的事情」。

勇者只需要消滅眼前的魔族就好，他們不用替魔族思考魔族的未來；
而魔族也只需要當個魔族就好——
這樣一來，故事就簡單多了吧。

請各位讀者抱著一顆單純的心去看這個故事，
畢竟我們的人生已經夠複雜了，對吧？

再次謝謝您，
請用您的雙手慢慢翻閱注入我滿滿熱情的故事吧！
希望這個故事能夠成為您生命中的「某個故事」。

目錄

特別收錄

第一章

勇者們

今天是一年一度的勇者徵選會，無所事事的我為了求一個飯碗而來這裡報名。
長官，不好意思，我有問題想請教。
魔王真的像教科書上說的那麼邪惡嗎？
會不會只是我們雙方的立場不同？
勇者有穩定的收入和各項福利，除此之外，
退休後還有一筆豐厚的退休金，所以……你還有什麼問題想問嗎？
沒有問題！

通過勇者徵選、當上勇者的我，很快就決定了第一件該做的事——
你好，我看到你的住宅裡有個寶箱，請問我可以拿走裡面的東西嗎？
您就儘管拿去吧，因為您是國家指派的勇者大人啊！
就算我再怎麼不願意也沒辦法啊，只要您想拿也沒人可以阻止您。
即使寶箱裡面是我全部的財產也無可奈何啊！
您要是真的需要的話，我也只能拱手讓您啦！
那我就收下了，謝啦！

GET!
兒子，你要好好學習，不然長大會沒前途的。
沒前途的人就會去幹一些見不得人的勾當，
像是強盜、小偷之類的。
GET!
媽媽，妳是說像那個在我們家翻箱倒櫃、偷東西的強盜一樣嗎？
不，他是國家指派的勇者大人喔！你長大後要成為那樣的人喔！
勇者會守護著你！

LvUP!!
看啊，又是一個該死的勇者。
不斷獵殺我們的同胞來獲取經驗值……
對啊！不斷重複一樣的動作就可以輕鬆升級！
反觀我們，從出生那一刻起就注定要當肥料。
不管我們再怎麼努力，都無法戰勝勇者！
我看我們去報名當勇者算了。
或是來獵殺我們自己的同胞，看能不能升級。

各位勇者前輩，讓我認識一下你們吧！
看您的模樣，一定是位厲害的女戰士！
事實上，我是經常為國家宣傳政策的女藝人。
那您應該是位強悍的魔法師吧？
我是個作家，我會偷渡許多國家理念到我的暢銷作品裡。
那您是……某種被召喚出來的魔獸吧？
吉祥物。

我們最終目的就是打倒位於魔王塔的魔王吧？不過我總覺得……
蛤？
魔王其實也挺可憐的，住在那個偏遠又鳥不生蛋的高塔上……
食衣住行一定都很不方便，他又何苦要在那邊等我們呢？
大家都說，那座魔王塔是對勇者的一場試煉。
沒去過的人都那樣說。
但其實，對魔王來說才是一個漫長的修煉吧？
他有自己的房地產就已經要知足啦！

我有個疑問，為什麼你們這些村民都不為了自己的權益戰鬥呢？
為什麼要把所有事都推到我們這些勇者身上？
說這什麼鬼話？我們可是繳稅在養你啊！
你理所當然要為我們戰鬥啊！
不然要勇者做什麼用？
只要你們自己去戰鬥，就不用花錢養我啦！
說這什麼風涼話！我們可是在給你機會啊！
不要以為你會戰鬥就高我們一等！
誰叫我們就只是村民嘛！

可惡！有夠難纏！
啊？
呀哈！
同樣身為勇者，我們兩個的實力也差太多了吧。
馬馬虎虎啦！
幸好薪水一樣多。

打從出生開始、我就會操控火焰，儘管母親一直隱瞞這個消息，仍然逃不過國家的眼睛。
由於擔心像妳這樣的人才會落入魔王的手中，我們給妳兩個選擇：第一個，像個怪物一樣被我們殺掉！
第二個，成為國家的勇者。這裡有張勇者邀請函，妳們自己評估一下吧！
除了當上勇者，我別無選擇，於是我展開為國家賣命的生活，殺我不想殺的敵人，守護我不想守護的國民。
雖然我有不錯的收入，但我的心早就已經死了。
心死了沒關係，收入還活著就好！

這位馴獸師勇者是我一直以來的好朋友！
啊！我在教科書上看過你，你到底是怎麼馴服那些野獸的？
說來話長……
我小時候因為愛玩，不小心跑進野獸的巢穴，因而害那隻野獸被勇者獵殺。
但我知道那隻野獸沒有要攻擊我的意思，牠甚至還想保護我。
從那之後，我懷抱滿滿的愧疚，踏上馴獸師之路。
我馴服了無數猛獸，讓牠們不再因為具威脅性而被其他勇者捕獵。
要是每個人都像你一樣有愧疚感，這個世界恐怕就不需要勇者了。
所以這世界才有那麼多勇者啊。

夥伴們，我們兩個決定要去外面闖蕩了！我們的目標是成為勇者！
成為勇者後，再把那些曾經獵殺我們的勇者給殺掉！
哈哈哈哈哈！
說什麼傻話！
你們不過是哥布林和史萊姆！
少在那邊丟人現眼了！
你們儘管笑吧！反正我們在勇者的眼中，永遠都只是個笑話！
你們就繼續當個可悲的笑話吧！

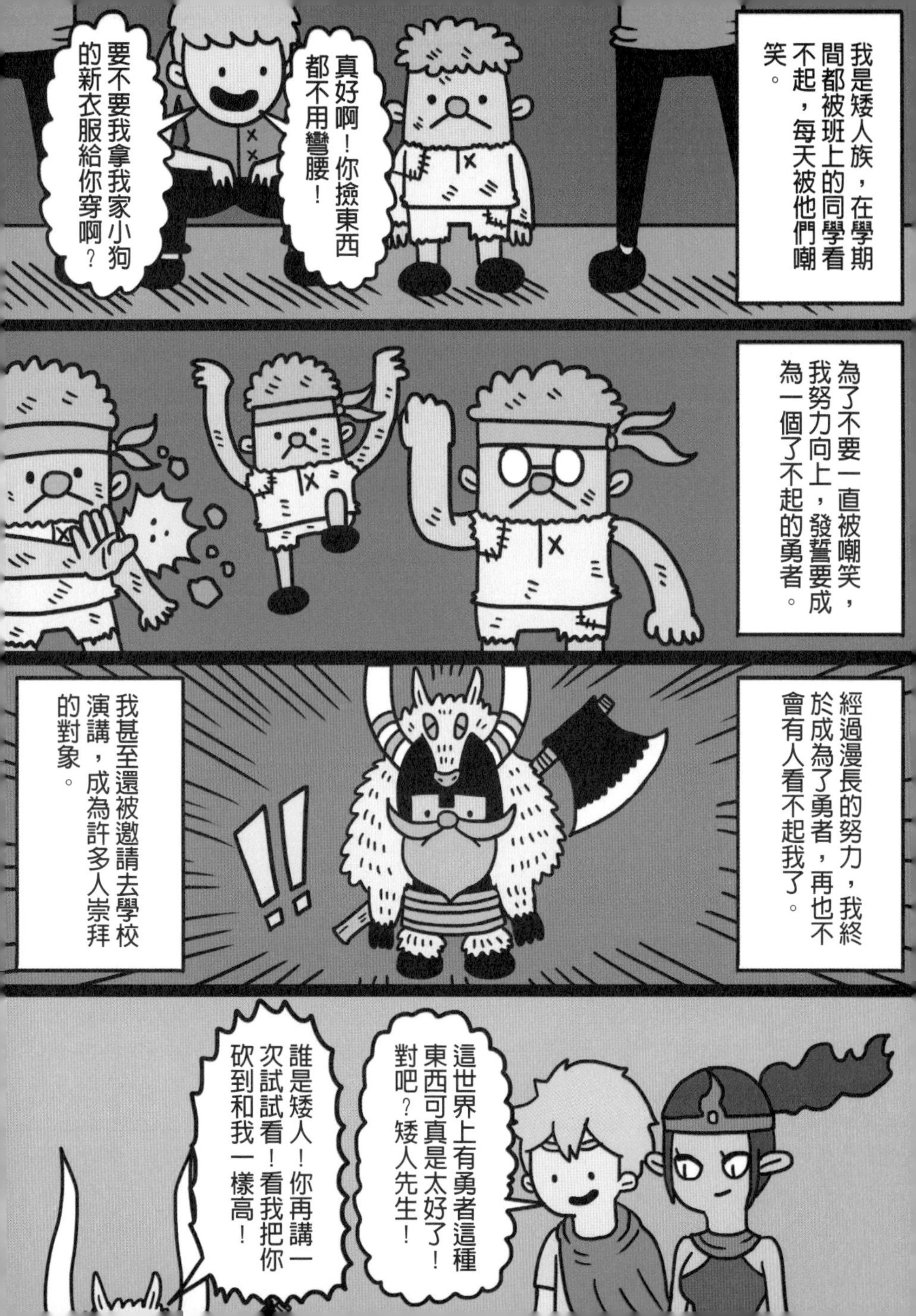
我是矮人族，在學期間都被班上的同學看不起，每天被他們嘲笑。
真好啊！你撿東西都不用彎腰！
要不要我拿我家小狗的新衣服給你穿啊？
為了不要一直被嘲笑，我努力向上，發誓要成為一個了不起的勇者。
經過漫長的努力，我終於成為了勇者，再也不會有人看不起我了。
我甚至還被邀請去學校演講，成為許多人崇拜的對象。
!!
這世界上有勇者這種東西可真是太好了！對吧？矮人先生！
誰是矮人！你再講一次試試看！看我把你砍到和我一樣高！

說實話，到現在我還是不知道魔王究竟是何方神聖。
什麼？你還不知道？看來你的身高不等於你的智商嘛！
魔王以前可是個勇者啊！他被稱為「公平勇者」，凡事都追求公平。
到後來，他對於公平越來越狂熱，甚至開始提倡「人人皆平等」的理念。
然而，國家不認同他的理念，於是將他給放逐了。
被放逐後，他意外接觸到黑魔法，變成了魔王。
怎麼？開始對於要殺掉魔王這件事感到困惑了嗎？
不會啊！我只效忠於我的薪水，那種廉價的正義感我才沒有！

魔王大人！大事不妙了！
這個月的房租繳費單寄來了！
哼哼哼哼哼……
開什麼玩笑！我可是魔王啊！憑什麼要繳房租給政府？
政府真以為我會乖乖繳錢給他們，好讓他們有錢去升級軍隊嗎？
這座魔王塔是我的！沒有人可以收房租！
把這張繳費單給燒了！讓他們知道誰是魔王！
但是這樣一來……
我們就會被趕出這裡了！
我開玩笑的啦，我待會就去繳。

唉……
魔王大人，怎麼了？看您悶悶不樂的。
繳完房租後才發現，這個月要沒錢了！
恐怕連部下的薪水都付不出來了啊！
不用擔心，交給我吧！
看您要吩咐我去搶銀行還是怎樣都行！
不用了，我來假扮成勇者去解任務賺外快吧。
您竟然為了我們做到這種地步，魔王大人！

勇者啊！你竟敢踏入這座被老子占領的城鎮！
看我把你給宰了！
是我啦，別讓別人知道。
魔、魔王大人?!
總之，你待會要假裝被我打倒，然後離開這座城鎮，這樣我就可以去申請任務獎金了。
魔王大人，這個月的經濟狀況依然那麼不樂觀嗎？
真希望每個部下的產值都像你一樣高啊……
也希望您會付給我相應的薪水啊，魔王大人！

到底是誰決定我們是勇者的？
國家啊。
那又是誰決定魔王是魔王的？
國家啊。
果然很不對勁啊！或許國家才是……
勇者大人，這是您的任務獎金！
國家永遠都是對的！

我是個精靈族，我打倒了許多會危害到人類和精靈族的猛獸。
也懲罰了那些仗著自己是勇者就無法無天、做了許多壞事的惡徒。
我既不是勇者，也不是村民，更不是魔王，我不屬於任何一方。
在這個時代，像我們這種為了自己信念而戰的人都被稱作——
暴民。

暴民啊，妳一廂情願的打擊邪惡，但妳有想過在那些邪惡背後的真相嗎？
妳打倒的那些猛獸，
是因為自己的棲息地被人類侵犯，才會發起攻擊。
妳打倒的那些惡徒，
他們所做的壞事都是為了阻止更邪惡的陰謀。
妳卻為了拯救眼前的人，將他們打倒了。把眼光放遠一點！回來當個有智慧的村民吧！
我寧願當個目光短淺的暴民，也不願意當對一切都視而不見的村民！

聽說你被暴民攻擊了，看起來沒多嚴重嘛！
哈哈哈，不影響我的工作就是了。
暴民做事真不經大腦，都不知道你這個勇者是國家的「必要之惡」。
哈，國家必須靠「必要之惡」來運作也是一件挺悲哀的事情啊！
該怎麼說呢……
儘管暴民既衝動又笨拙，但他們至少實踐了自己心中的「善」啊。
要是哪天國家不需要我們這些「必要之惡」時，或許國家就有救了啊！
這個國家還有救啊？
我認為，在我們還有力氣爭論有沒有救的時候，這個國家就還有救。

我是個鐵匠，專門製造勇者使用的武器。
STEEL
但是我最近在思考，要是沒了我們這些鐵匠，是不是就沒有那些拿著武器殺敵的勇者？
要是沒了武器，這個世界是不是就不會再有那些紛爭？
師父……
我們鐵匠是不是破壞世界和平的幕後黑手？
蛤？要怪也要怪那些鐵礦石吧！
STEEL
不要把自己想得多有影響力，我們只是負責打鐵的。
再說，這個世界從來都沒有和平過啊！
STEEL

啊，你有聽過「黑勇者與白勇者」這個寓言故事嗎？
咦？沒有耶，說來聽聽吧！
黑勇者是個力大無窮又全身穿滿神裝的戰士，而白勇者就只是個穿著普通裝備的普通人。有一天，他們打了起來，但是……你知道最後是誰贏了嗎？
嗯……白勇者嗎？
當然是黑勇者啊。
有夠理所當然！這個故事好沒意義啊！
這個故事在告訴我們，這個世界就是這麼理所當然，不要抱持那些不切實際的幻想。
請這個寓言故事振作一點好嗎？

這邊是勇者協會沒錯吧？
我們兩個要申請成為勇者！
這有點難辦啊，畢竟你們兩個是專門給勇者獵殺、好讓他們獲得經驗值的怪物。
混帳！那你說我們要怎樣才能成為勇者？
你們只要成為勇者的經驗值、讓勇者變強並打敗魔王，這種犧牲小我的行為，對我們來說就是一個了不起的勇者。
豈有此理，這不就是要我們去送死嗎？
不過這樣就能成為勇者的話，也挺不錯呢！
嗯嗯。

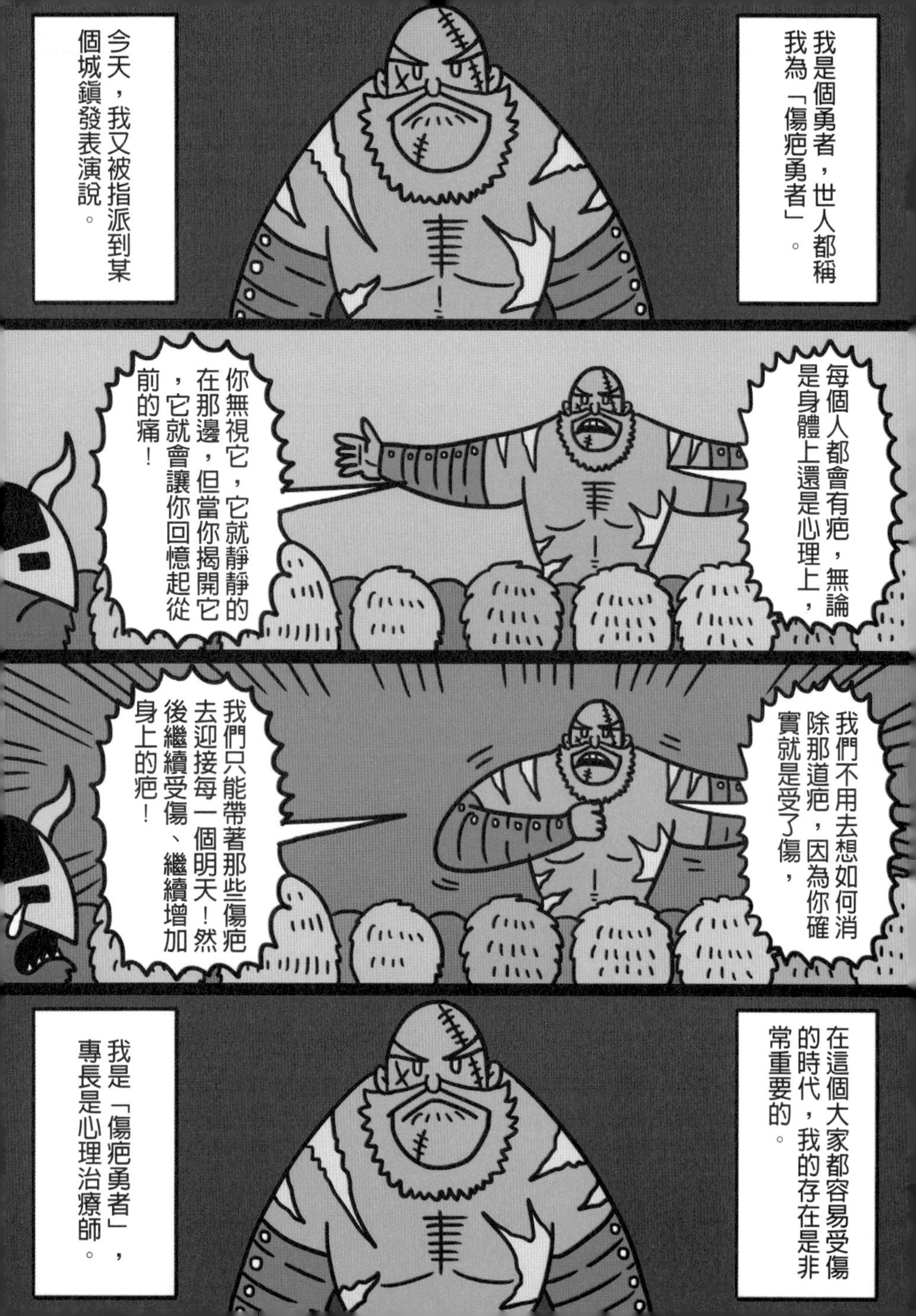

我是個勇者，世人都稱我為「傷疤勇者」。
今天，我又被指派到某個城鎮發表演說。
每個人都會有疤，無論是身體上還是心理上，
你無視它，它就靜靜的在那邊，但當你揭開它，它就會讓你回憶起從前的痛！
我們不用去想如何消除那道疤，因為你確實就是受了傷，
我們只能帶著那些傷疤去迎接每一個明天！然後繼續受傷、繼續增加身上的疤！
在這個大家都容易受傷的時代，我的存在是非常重要的。
我是「傷疤勇者」，專長是心理治療師。

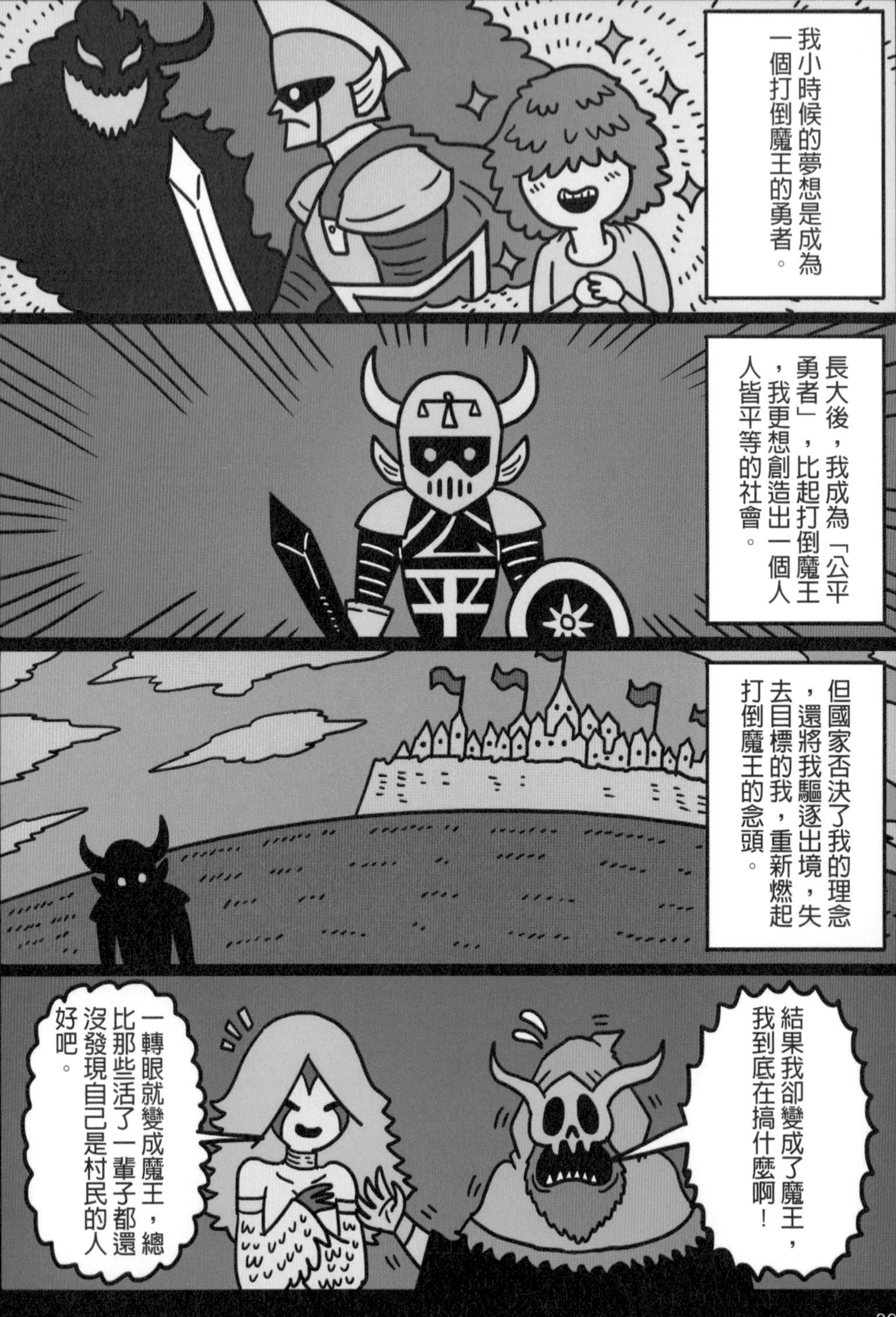
我小時候的夢想是成為一個打倒魔王的勇者。
長大後，我成為「公平勇者」，比起打倒魔王，我更想創造出一個人人皆平等的社會。
但國家否決了我的理念，還將我驅逐出境，失去目標的我，重新燃起打倒魔王的念頭。
結果我卻變成了魔王，我到底在搞什麼啊！
一轉眼就變成魔王，總比那些活了一輩子都還沒發現自己是村民的人好吧。

寒霜勇者，你竟敢闖進這裡！來一決勝負吧！
等等，魔王！我不是來討伐你的！
事實上，我認為你有很多想法都是正確的，我不懂為什麼國家要我們這些勇者來討伐你。
真要說的話，國家也不見得是對的吧？
是對的又怎樣？就算我一輩子都是對的，但我也有可能會遇到錯的人或做了錯的事啊！
反過來說，就算是錯的又如何？錯的人也可以做正確的事啊！
難道你都不覺得孤獨嗎？魔王！
至少還有人覺得我是對的呢。

打倒了 毛球新鮮人
獲得了 草莓之劍
奇怪，這些裝備到底是從哪裡變出來的？怎麼看都不像是會從那些怪物身上掉出來的啊！
就算是再弱小的怪物，只要不斷去榨乾牠，總會從牠身上獲得一些對你有利的東西。
討厭啦，說得好像我一直在壓榨怪物一樣。
不然你以為你一直在做善事嗎？

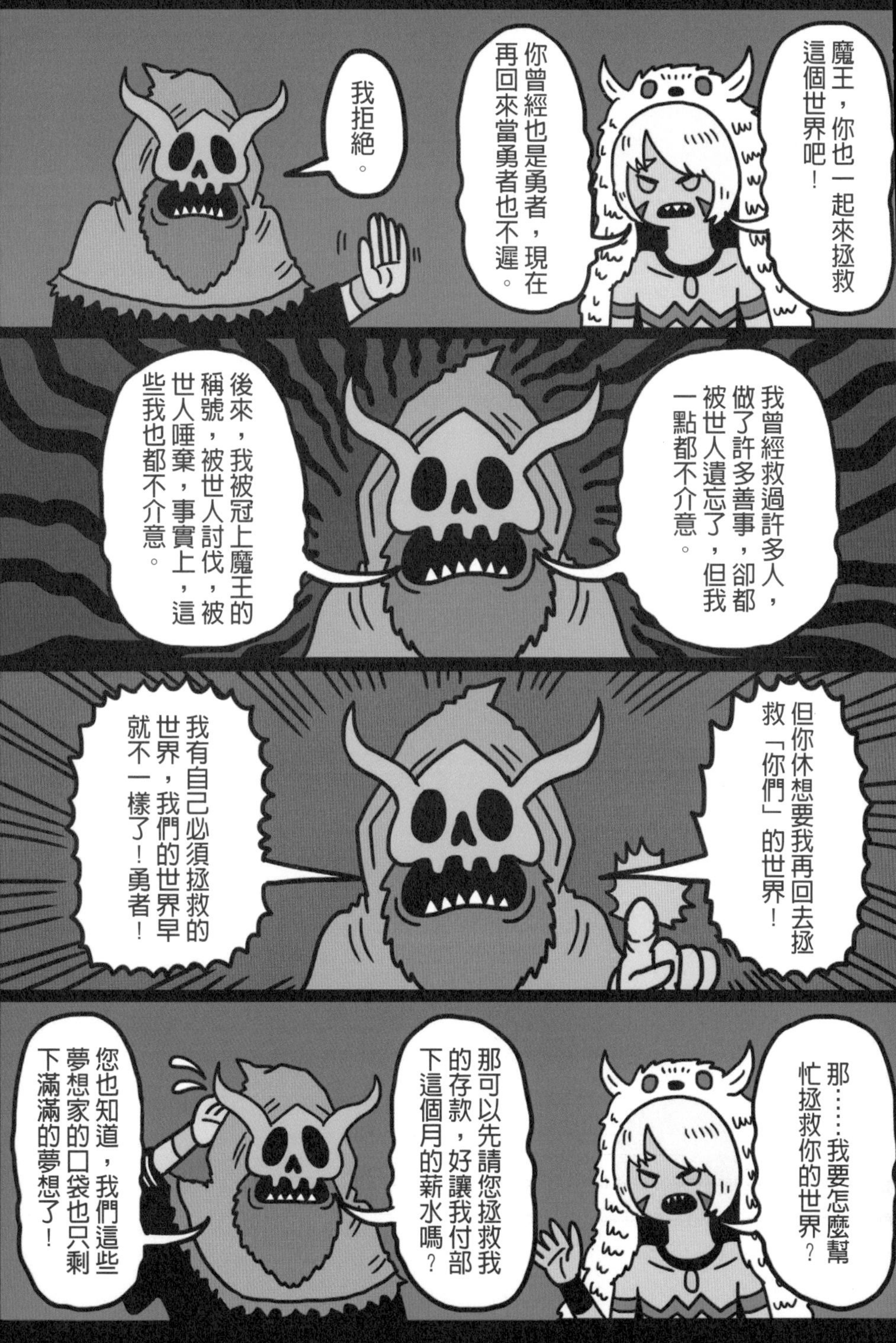
魔王，你也一起來拯救這個世界吧！
你曾經也是勇者，現在再回來當勇者也不遲。
我拒絕。
我曾經救過許多人，做了許多善事，卻都被世人遺忘了，但我一點都不介意。
後來，我被冠上魔王的稱號，被世人唾棄，被世人討伐，事實上，這些我也都不介意。
但你休想要我再回去拯救「你們」的世界！
我有自己必須拯救的世界，我們的世界早就不一樣了！勇者！
那……我要怎麼幫忙拯救你的世界？
那可以先請您拯救我的存款，好讓我付部下這個月的薪水嗎？
您也知道，我們這些夢想家的口袋也只剩下滿滿的夢想了！

打不贏啊！
COW
好強的敵人！這樣下去我們永遠都到不了迷宮的深處拿寶藏！
你們可以六日再來啊，我們六日都休假，迷宮裡不會有半個魔物。
我們勇者可是全年無休耶！你們這樣不會過得太鬆懈嗎？
週休二日對你們而言才是真正的寶藏吧！別對自己的生活品質太鬆懈啊！

受死吧！勇者！
各位，請稍等一下。
基本上，我們雙方都在為了實現自己的理想世界而努力。
但實際上，這個世界就只有一個啊，我們何不放下仇恨，一起共享這個世界呢？
聽起來是不錯……那我們要怎麼放下仇恨呢？
也許我們可以好好坐下來吃一頓飯，就是放下仇恨了。
吃飯就放下了嗎？
聽起來好餓喔。
那我們為什麼不去吃呢？
好啊！去放下仇恨！一起飽餐一頓吧！

別跑！把手上的寶物留下來！
別跑！把刀放下來！不要搶別人的東西！
跑快一點啊！你這個被納稅金養的勇者！要是我有個萬一，你怎麼負責？
說實話，要是哪天我的東西被搶了，到底有誰會來幫我啊？
你不介意的話，我可以幫你，要是你真的不介意的話啦。

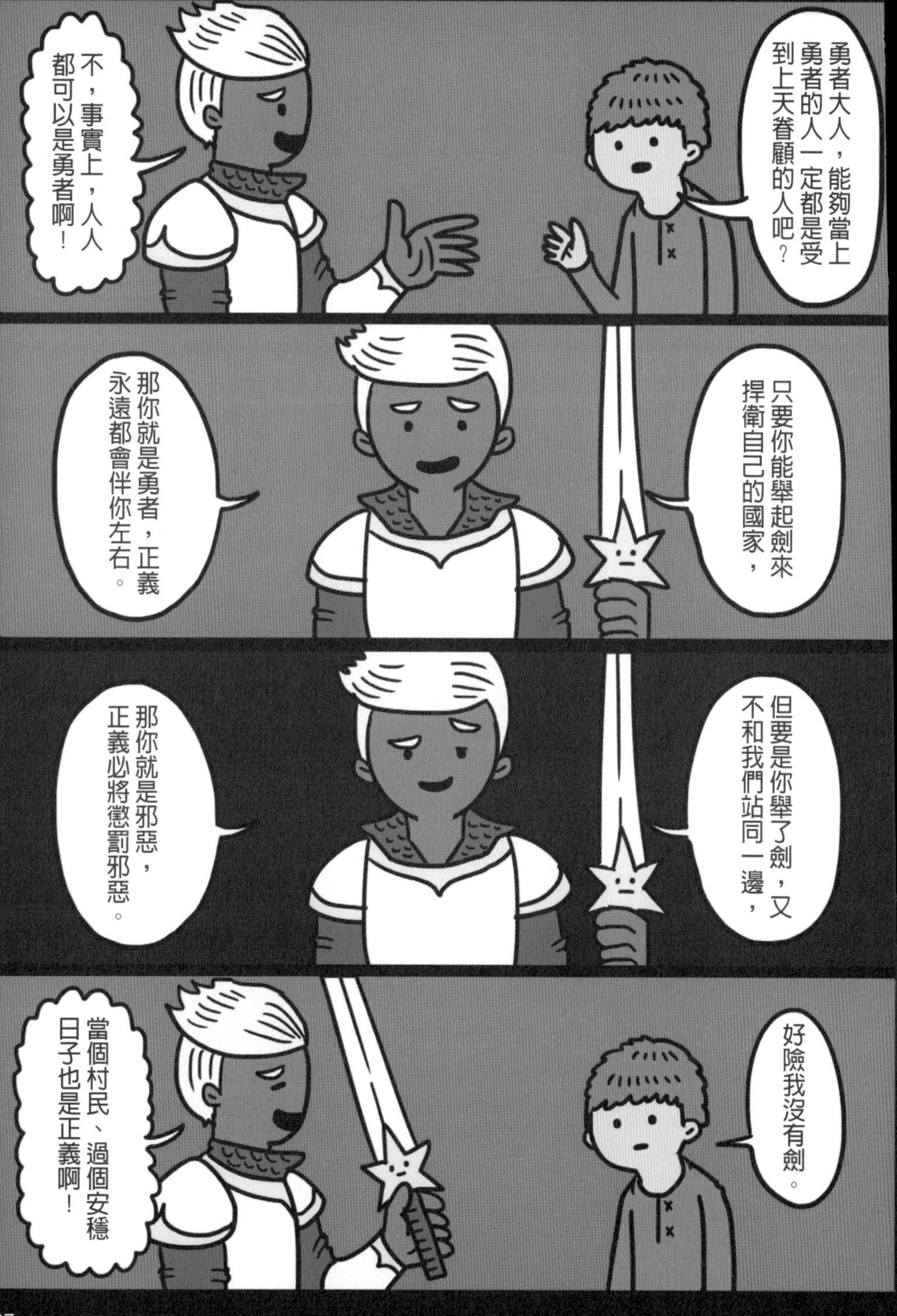
勇者大人，能夠當上勇者的人一定都是受到上天眷顧的人吧？
不，事實上，人人都可以是勇者啊！
只要你能舉起劍來捍衛自己的國家，
那你就是勇者，正義永遠都會伴你左右。
但要是你舉了劍，又不和我們站同一邊，
那你就是邪惡，正義必將懲罰邪惡。
好險我沒有劍。
當個村民、過個安穩日子也是正義啊！

我覺得這個世界根本就不需要勇者啊！
勇者不就是個到處招搖撞騙、擅闖民宅還能領高薪的爽缺嗎？
而且哪來那麼多魔物需要勇者去解決啊？你看這座城市多麼和平！
世界和平是由我們這些村民努力工作換來的！勇者到底奉獻了什麼？

喂！你看那個勇者，他也太落魄了吧！
噓，你講那麼大聲會被聽到啦！
這樣的人真的有辦法保護我們嗎？
為了保護人們，我已經失去了太多東西。
我的眼淚在傷口的血凝固前就已經流乾。
如今的我，沒有夥伴、沒有家人、沒有戀人，只剩下一把劍。
我現在只想全心全意的保護這把劍。
這樣也挺好的，對吧？

喂！妳看那個勇者，他也太落魄了吧！
喔，他可是一個非常厲害的勇者呢！
厲害的勇者？
他被稱為「正統勇者」，他打敗了許多魔物，保護了無數的人，其他勇者都非常尊敬他呢！
我想了解他的生存方式！
怎麼？你也想成為這種勇者嗎？
不，了解後我就要徹底避開他的生存方式，
我無論如何都不想變成這種落魄的勇者。

可惡！好難纏！
交給我吧！
連這種低等魔物都打不贏！你還能算是勇者嗎？
你乾脆砍掉重練算了！你這個勇者中的輸家！魯蛇！害群之馬！
我覺得啊……
在自己擅長的領域裡數落那些不擅長的人，並不會讓你顯得更厲害啊。
或許我是不擅長戰鬥，但是比比出場次數的話，你能比得過我嗎？41頁中你出場了幾次？
抱歉，我會更謙卑一點。
沒關係啦，你這個沒戲份的輸家。

前輩，等級提升到底是什麼感覺？
該怎麼說呢……
就像是來到一個很久沒來過的地方，看著那些曾經看過的風景，忽然意識到……
「原來自己一點成長都沒有啊！」差不多就是這種感覺吧。
那樣就只是單純的沒有成長吧？
哈哈！誰不是呢？

哈哈哈！你完蛋了，愚蠢的魔物！
我全身上下的裝備都是加智力的，我現在可是聰明得要命啊！
我要用我的智慧將你徹底擊倒！為了我的國家！
YELLOW BOOK
要是你真的那麼有智慧，那你怎麼會不知道自己是被國家利用了呢？
什麼？

我出身於一個被國家拋棄的村莊，我們遊走在國家的邊緣。
我們被強盜掠奪、被魔物撕裂、被飢餓吞噬，即使如此，國家從來都沒有對我們伸出援手。
我逃離了這裡，逃離了我的村莊、我的宿命。
我發誓要對這個國家進行報復。
於是我成了勇者，成為一個被國家需要的人。

怪物入侵城鎮啦！
勇者呢？勇者在哪？
勇者先生！您怎麼沒去擊退那隻怪物呢？
任務公告欄上還沒有刊登這項任務耶，我擊退牠又沒有任何獎勵。
混帳！你知道我每年繳了多少勇者稅嗎？
你也變成勇者就不用繳勇者稅啦！前面就是勇者協會，快去報名轉職吧！
看來我們只能想辦法自己當「勇者」了。

我的劍被你們村莊的村民弄斷了，這把劍是我的寶貝啊！
把那些村民叫出來！我要他們付出代價！
勇者先生，請別衝動，那就只是一把劍而已，
劍是沒有生命的！
這把劍拯救了你們村莊無數人的生命啊！
沒有它的話，你們就不會站在這裡了！
我知道，但，呃……
它是沒有生命的。

事實上，在勇者趕來救我們前，我們這些村民有試著要自己打倒這隻入侵村莊的怪物。
但是力量的差距太大，我們付出了慘痛的代價。
勇者登場後，他只是輕輕鬆鬆的揮了幾刀，就讓一切都結束了。
所以啊，身為村民的我們，到底要怎麼擺脫這個被勇者支配的世界呢？

反正我們村民就是實力和道德上都無法成為勇者的平凡人。
我們的地位比那些魔物還更低啊！
我們來罷免那些勇者吧。
咦？不好吧！要是魔物又攻進村莊怎麼辦？
說不定勇者消失後，這個世界就沒有魔物了。
我想我還是繼續當我的村民就好了。

放下武器的勇者，
和拿起武器的村民，
都被視為不務正業。
所以我們的正業到底是什麼？
勇者保護村民，然後村民就乖乖待在村莊裡，等著被勇者保護。
我們就是彼此的正業啊，勇者大人。

這世界的勇者有很多種，像是將自己的道德標準當作武器的道士。
為了賺錢，就算吃相再怎麼難看都無所謂的斂金術士。
對生活周遭的時事都不聞不問的聾騎士。
不過，除了勇者，還有一個職業包含了以上幾位勇者的特點。
你問我是哪個職業？哈哈，你自己想吧！

怪獸，在消滅你之前，我有個問題想要問你。
對你來說，道德和美德哪個比較重要？
回答我吧！你的答案會決定你的命運！
道德和美德對我來說都不重要啊！它們又不能吃！
我只希望勇者大人您能夠放我一馬，我會感謝您的大恩大德！
因為道德和美德不能吃，所以你就能吃其他人嗎？缺德！
你才缺德！不要把你的道德標準放在我身上啊！

勇者大人，您是為了讓這個世界變得更美好，才來當勇者的嗎？
咦？這個世界已經夠美好啦！你看，整天憤世嫉俗的人依然繼續過他的日常生活，
真正活在地獄的人卻又不知道自己身處於地獄。
魔物雖然到處撒野，但村民只要乖乖待在村莊裡，就會等到勇者來拯救。
魔王雖然存在，卻是那樣遙不可及，我們每天都還是活得好好的。
我當勇者並不是要讓這個世界變得更美好，
我只是想讓自己的生活變得更美滿罷了。
噢……

你們這些魔物存在的意義到底是什麼？
看看我們勇者，是多麼有意義的存在啊！
沒有魔物的存在，勇者就沒有存在的意義！
沒錯，我們是對等的存在！
你們哪來的自信跟我對等？你們的銀行裡有多少錢？噢！你們或許連銀行是什麼都不知道。
你們這些沒錢沒權沒拳的敗類！先去銀行開個戶再來跟我談對等吧！……嗚噢！
死了就沒意義啦！不管你多厲害，我現在就是比你還要有意義啦！

村莊要被勇者滅了！
可惡，我們也只能聽天由命了！
不要隨便把聽天由命四個字說出來！
誰是你的天？是那個你從來沒有信仰過的老天爺嗎？
還是你的父母？你的上司？你的國家？甚至是滅了你們村莊的勇者？
當你自己的天吧！自己的命自己作主！
噢……您肯定就是我的老天爺，救救我吧！
你這樣不行啦。
誰叫我是這時代下的產物呢。

啊，你們是那個專門殺勇者的魔物！
啊，妳是那個專門打擊勇者的暴民！
說實話，你們也真夠誇張的！明明只是哥布林和史萊姆，
能做到這個地步，也真是夠激勵人心了！
妳也是啊，不過是一個村民而已！
竟然還有閒情逸致去管自己國家的事！
我們在世人眼中，大概就是烏合之眾吧！
世人？妳是說那些已經放棄捍衛自己人生的人嗎？

很遺憾的，這陣子我們失去了幾位勇者。
他們為了國家，光榮的戰死了。
為了表達我們的謝意與不捨，
國家決定提供巨額的慰問金給這幾位勇者的家屬。
開什麼玩笑！我們繳了多少勇者稅了！
對啊！勇者賺的錢已經夠他們的家屬花上幾輩子了吧！
是他們自己要當勇者的，沒人逼他們啊！
接著，我們還要將今天訂為國定假日，以此來追悼勇者們。
欸？所以我們又多了一天假嗎？
就當作是用我們的稅金換來的假日吧！
好吧，這樣還可以接受啦。

對於妳那位勇者老公的死訊，我感到很遺憾。
沒事的，為國捐軀也算是他一直以來的心願。
我不能原諒那些說他不是的村民，他明明救了那麼多人，我和我的孩子都是被他拯救的！
他們卻一味的汙名化勇者，還開始質疑勇者存在的必要性，勇者未免也太委屈了吧！
他一點都不覺得委屈喔，他是因為想當才去當勇者的，沒有人逼他喔。
我相信他為了救人而奮戰的英姿，會永遠活在某些人心中。
那妳之後有什麼打算？
用國家提供的慰問金買一身好裝備，去殺了那些殺掉我老公的畜生，開玩笑的♥

你和我先生也認識很久了，說實話，你覺得他是個稱職的勇者嗎？
是啊，他絕對稱得上是稱職的勇者。
他是個純粹的戰士，享受在戰場上的每一刻。
和我這種只懂得利用國家資源的勇者比起來，他才是真正的勇者。
別那樣說，你的作為也拯救了許多人。
你們只是在用不同的方式拯救人們罷了。
我看我也來當勇者好了，「替丈夫復仇的女勇者」感覺還滿有話題性的吧？
哈哈，這就要看妳是向誰復仇囉。

基於各方面的考量，國家決定了一件大事。
我們決定開放魔族來我們的國家旅遊！
開什麼玩笑！魔族可是我們的敵人耶！
開放那些怪物來這裡？國家有想過人民的安危嗎？
要是居住環境被他們破壞了怎麼辦？
當然，國家會對旅遊業者進行輔助，
你們能將商品翻倍賣給他們，將用不著的破房子租給他們，就把他們當作搖錢樹吧！
這樣我囤積已久的商品終於有地方賣了！
看來得想想有什麼東西能當作名產！
真是的，希望他們快點來啊！

我要買一份名產。
好的，這位客人。原價一百元算您旅遊優惠價五百元！
名產
好啦，前面就是各位旅客今晚要居住的豪華大飯店喔！
這位客人，您必須在本商店消費至一定金額，您後方的勇者大人才會把劍收起來喔！
果然開放魔族來我國旅遊是正確的選擇。
魔族？我們才是魔族吧，哈哈！

有魔族入侵啊！
別擔心，交給我吧！
很久沒戰鬥了，就拿你來熱身一下吧！
熱個屁啊！就在你的武器放到快生鏽的同時，我可是每天都在戰鬥啊！
別以為自己是勇者就能所向披靡！
我不會輸給你的！我可是勇者啊！
還有相信我的村民與家人在等著我啊！
我也是啊。
噢……

你們人類怎麼老是愛看這種讚揚國王或勇者的書啊？
那又怎麼樣？
他們不也只是人類嗎？這就算了，你們還將他們所說的每一句話都放大，
再將那些話當作了不起的座右銘，說真的，說不定有一些話根本是寫書的作家自己想的啊。
反正我們人類本來就很會造神，有個神能夠信仰，不也是一件好事嗎？
魔族不也有魔王可以讓你們信仰？
不，魔王是在服務我們。
沒錯。
咦？有這種事？

我恨死這個國家了！
我要燒了這個國家！
毀滅吧！
先生，先冷靜一下！
這個國家到底對你做了什麼？
……蛤？
其實也沒對我做過什麼事啦……
只是我看很多人都痛恨這個國家，所以就跟著痛恨一下。
也是有這種人啊……

市長大人，城裡有民眾被魔族攻擊了！
呃……
你先去確認一下，是不是那些民眾自己去侵犯魔族的領土。
不，他們是在自己的城裡遭受攻擊的！
那你再去詢問那些民眾是否真的覺得自己被魔族攻擊了，說不定他們不那樣覺得。
呃……他們都已經有人受重傷了……
隨便啦，就交給你處理吧！反正不要把錯推到這座城市身上就好了！這裡可是標榜「最安全之城」的城市啊！
有問題的是那些出事的民眾，知道嗎？
是、是的……

你不覺得話語真是奇妙的東西嗎？同一句話可能會有各種不同的意思。
比如「對不起」這三個字，可能是道歉、可能是諷刺，也可能是在開玩笑或問候語。
甚至有可能是難以言喻的憤怒、抗議……
對不起就是對不起，沒做錯事幹嘛要對不起？
噢……對不起。

你們這些低等魔族
還真是好對付啊！
唔！
夠了，請你停止吧。
好痛啊啊啊啊啊！
要殺人了啊啊啊！
你們這些魔族果然
都是嗜血的野獸！
我只是輕輕碰一下啊。
夠了！別繼續對我
使用語言暴力了！
你這個魔族廢物！

怎麼辦？畢業後到底有什麼工作可以做？
擔心什麼？你有很多選擇啊！
農夫、商人、工人、畫家、勇者、藝人……多到講都講不完。
但廣義上來說，這世界上就只有三種職業。
村民、勇者、魔族。

對付我這個手無寸鐵的弱小魔族，
你們有必要這麼勞師動眾嗎？
手無寸鐵？別忘了你還有滿口利牙啊！

妳覺得人類要怎樣才算是有進步呢？
我覺得大概就是，
人們從思考「要怎麼活下去」變成……
「為什麼要活下去」的同時，就算是進步了吧。

不知道從什麼時候開始，人們開始流行飼養小精靈族，
看他們每個人臉上都掛著幸福的笑容……
我卻沒辦法覺得小精靈可愛，在我眼裡牠們就像是怪物！難道是我心裡有毛病嗎？
我甚至會想拿刀砍那些精靈族！
別這樣，你會引起公憤，畢竟你是個人類啊！
啊，變成魔族的話就無所謂了。

主人，您這輩子遇過最痛苦的事是什麼呢？
信仰破裂的那一瞬間吧，我甚至不知道我為何要當勇者。
我不懂那種感覺，因為我的信仰就是親愛的主人您啊！
你原本的主人其實是披在我身上的那隻魔族。

您獲得了戰利品
飄浮寶劍
您好啊，我的新主人。
今後都交給我去砍敵人吧！您只要在一旁看著就好了。
那我不就沒事做了？這樣算是好事嗎？
經驗值和戰利品都歸您，殺生的道德責任都由我來擔，聽起來應該還不錯吧？

我一直有個疑問。
什麼疑問？主人。
明明只有一座塔裡有真正的魔王……
那其他的塔和副本存在的意義到底是什麼？
即使是像您這樣的勇者，也一樣有存在的意義啊！
我不是這個意思……噢！噢……噢！

先生您好，請問身為一隻哥布林是什麼感覺呢？
其實我出生後意識到的第一件事就是——
「啊，糟糕！我這輩子都要被人類歧視了！」畢竟這是個由人類主宰的世界，妳說是吧？
沒這回事，像我就不會歧視哥布林！
但是我歧視人類。
咦咦？
怎麼？
難不成妳以為我應該要尊敬人類嗎？

小姐！別怕！勇者來了！
勇者小姐，可以請教妳幾個問題嗎？
嗯？
據說妳的家族代代都是村民，而且是已經沒落的民族，除此之外妳還是個女人，
妳曾經宣稱自己是個女同性戀，請問妳這樣還有辦法好好應付勇者的工作嗎？
很好應付啊，最難應付的應該是——
一開始就給我貼上四種標籤的人吧。

師父！剛剛為什麼不讓我出手打倒那些怪物？
笨蛋徒弟！能用和平的方式解決有什麼不好的？
在這個世界上，只有法律才是我們真正的武器啊！
你想為了打倒那幾隻怪物而賠上鉅額的公共設施維修費嗎？
師父！戰鬥才是勇者的浪漫啊！
你就是因為抱持那種態度，才會永遠當不上勇者！
笨蛋徒弟，不管是當勇者還是村民，都會被別人冷嘲熱諷，
像我們這種既當不成勇者，又稱不上是村民的人，才能躲過那些社會輿論啊！

他是個NPC，每天都做一樣的事情。
他很羨慕那些勇者，能夠活得如此精采。
但要是這個世界少了他，就會無法運作。
開玩笑的，還是有辦法運作啦。

他是個勇者，就算什麼事都不做，他仍然是個勇者。
他不必去鍛鍊、不必讓自己變強、不必去做一些改變這個世界的事。
即使你覺得他是個只會領村民納稅錢的廢物，也依舊改變不了他是個勇者的事實。
所以，你還在等什麼？快來加入勇者的行列吧！
X關閉廣告

現今這個自由的世界，是先人用他們的鮮血爭取來的。
而如今，我正流著鮮血和魔族戰鬥。
其實我並不確定，我所流的血到底能不能為後人爭取到些什麼。
會不會此刻正在爭取未來的並不是我們人類，而是魔族呢？

你是為了想做勇者才來當勇者的嗎？
其實我是為了想被別人當成勇者才去做勇者的。
沒關係，只要你把自己當成勇者看待就好了。
我是沒把自己當成勇者啦，不過我倒是把其他人都當成村民。

勇者大人，請您千萬要小心，您的命可是值好幾千人的命啊！
別這樣說啦！我的性命沒有像你說得那麼沉重！
我的命其實就只值一條命啊！
哎呀，以宏觀來說或許是這樣沒錯。
但是站在政治的角度上來說的話……
你的命確實不只值一條命啊！
政治也是很宏觀的啊！

長官，我有問題想問您。
說吧。
為什麼我們勇者不能等到世界和平後再來拯救世界呢？
世界都和平了，還需要你做什麼？
好，我絕對不會讓這個世界和平的！

第二章

魔族四天王

勇者啊！你可知道我是魔族四天王之一的炎魔嗎？
膽敢踏進我的堡壘！你是來找死嗎？
我想知道你為什麼會被當作魔族四天王！
我燒了許多貪官的家園，也燒了那些用來炒地皮的建築物。不只如此，我還替那些在寒冬中抗議的民眾們生火取暖！
你至少編一些讓我有辦法對你出手的理由騙我嘛。
欸嘿！

炎魔啊，雖然你說你沒有燒過村莊，但村莊裡有人說你燒過。
蛤？誰說的？
一些拿著告示牌的孩童，
我們來自東邊的村莊
我們的村莊被炎魔燒毀了
說你燒毀了他們的村莊。
我根本就沒去過東邊啊！他們少在那邊誣賴我！
你們！帶我回村莊，看我把他們的招牌和馬賽克都給燒毀！
I'm Fire thank U

人類，我一直想知道，為什麼你們會認為自己才是正義的一方呢？
因為你們魔族是邪惡的啊！
I'm Fire thank U
為什麼我們是邪惡的？
因為我們是正義的啊！
I'm Fire thank
這到底是什麼邏輯？
唉，我知道你也不想當魔族，辛苦你了！
I'm Fire thank U
不，我並沒有不想。
I'm Fire thank U

號外！號外！炎魔準備要來把這個村莊燒毀了！
趕緊號召勇者們去把他給消滅了吧！
你怎麼會知道這個消息？
勇者大人！沒有啦，我是在騙他們。我只是想激起大家的鬥志，畢竟魔族本來就該被消滅啊！
但是炎魔真的來了啊。
I'm Fire thank U
什什什什什什什麼！
我要燒了你這個到處造謠的混帳！
等等！我記得炎魔是不會隨便傷害人類的，對吧？
I'm Fire thank U

你怎麼沒把他給燒了呢？
唉！不管怎樣，我就是不想對人類下手啊！
I'm Fire thank U
救命啊！
炎魔來了！
炎魔，你好大的膽子，敢對我們的村民下手！
勇者們，殺了他！
哎唷，各位勇者前輩，炎魔不會傷害人類啦！
那位勇者被炎魔洗腦了！他已經不能算是人類了！
殺了他！讓他的靈魂獲得解脫吧！

我真是瘋了才會幫你說話，害我現在不但被通緝，連勇者都當不成了！
這樣就當不成，那種勇者不當也罷啦！
I'm Fire thank U
I got Fired thank U
啊，反正你也回不去人類村莊了，
要不要趁現在了解一下我們魔族是如何運作的？
不要！我才不要！
I'm Fire
就當作是度假吧！好不容易擺脫包袱了！
只要你有心，在任何地方都能當勇者啊！
妳是賺夠了才這樣說！我當勇者還沒賺夠啊！
魔族有穩定的收入和休息日，除此之外，
還有更多等著你去發掘的賺錢機會，你真的不了解一下嗎？
我想了解！
I'm Fire

謝謝您教我們如何用火，火神大人！
不客氣！
嗚哇，變成火神大人了呢。不過，沒想到還有人不知道怎麼用火。
I got Fired thank U
其實，這世界上還有很多人不知道呢。
I'm Fire thank U
許多人將火當成從地獄來的怪物。
也因此，有很多村莊都過著相當不便的生活。
I'm Fire thank U
真是無知。
也不能說他們無知，畢竟他們沒有真正了解過嘛！
所以我才會到處去宣導如何用火啊！
I'm Fire thank U
我越來越搞不懂你到底是魔族還是勇者了。

糟糕，不小心來到我死對頭的地盤了！
是某個厲害的勇者嗎？
I'm Fire thank U
炎魔啊！瞧瞧你那可悲的模樣……
常常幫助人類就算了，竟然還墮落到跟人類走在一起。
妳果然來了！魔族四天王的水妖！
別忘了，我們魔族四天王的任務是毀滅人類啊！
妳自己不也每天都幫人類清理河川！
算了啦，畢竟保護環境人人有責嘛！
振作點！你們這些四天王給我振作點！
I'm Fire thank U

什麼？你要讓那個人類加入魔族？
別看他那個樣子，他以前可是勇者啊！
魔王最近手頭很緊，都準備要裁員了耶！
咦？狀況那麼糟嗎？
不過我們倒是可以問他，看勇者公會都把錢藏在哪裡！
妳這個小聰明鬼！
不好意思，我只知道當勇者能賺很多錢，其他什麼都不知道！

你好啊，勇者，我就是魔王！聽說你要加入我們啊？
稍等我一下，我正在幫部下準備早餐！
MORE WANT
你跟我印象中的魔王不太一樣呢……
是嗎？可能我現在不穿斗篷了吧！
斗篷太熱了！
MORE WANT
問題並不是出在斗篷，而是你整個人的氣質。
I got Fired thank U
你在說什麼無禮的話！
I'm Fire thank U
其實他說得挺有理的。
啊！不好意思，我還得先趕去打工……
總之歡迎你加入！我一定會按時付你薪水的！
MORE WANT
穿回你的斗篷！找回你的尊嚴！

魔王大人，想不到您竟然會去充當人類的勇者、接任務賺錢！
您怎麼可以做這種毫無尊嚴的事情！
沒辦法啊，我得養活我的部下！
您不能賺那種骯髒錢！您可是高尚的魔王啊！
I'm Fire thank U
你們總是擅自把我當成至高無上的存在，然後又擅自對我感到失望。
你儘管覺得我骯髒吧！這個魔族的運作和我那偉大的理想都必須依靠這些骯髒錢啊！
所以不要對我失望嘛！我還是會很難過的！
在下才不會對您失望呢，魔王大人！
該怎麼說呢……
什麼都別說。

魔族禁止進入
前面就是人類的城鎮了，聽說那邊很好玩耶！
好期待喔！
Go to
DIE
嗚呃！
對不起，撞到你了！
沒關係，你們兩個是要去前面的城鎮玩嗎？
對啊！
我給你們施個魔法，讓你們能玩得更開心！
好耶！
哇！我變成人類了耶，好酷喔！
這樣你們就可以安心的去玩了！
記得要在傍晚前回家喔！
Go to

人類，這裡是魔族酒吧，不是你該來的地方！
少囉嗦！他是我店裡的常客！來，人類，這杯「身不由己」請你喝！
看來你在人類那邊過得不太順利啊，朋友。
少囉嗦！喝酒就喝酒，哪有分什麼順不順利！
不管是人類還是魔族，都有自己的難處吧！
唉，但你們人類依舊還是這個世界的霸主啊！
I Drink
I Dream
也不是每個人類都能自己作主啊。
怎麼？你以為我們這些輸家就可以替自己作主嗎？
I Drink
I Dream

人類，感謝你教我們如何種植農作物！
不客氣，自己種出來的菜一定會很美味。
人類，感謝你拔刀相助！
我只是出門採個蘋果，就被這些勇者追殺！
謝啦，每次都讓你幫忙清理河川的垃圾。
保護環境是每個人的責任嘛！
你一定是被人類社會排擠的人。
其實是我排擠了整個人類社會。

人類世界的空氣好難聞喔。
沒辦法，您還是得靠呼吸才能活啊！
好不想當人類喔。
要是連您都不當人類了，那人類就只剩下混帳了。
您這幾天到底又跑去哪裡了？我們找您找了好久啊！
國王大人！
我不想當國王啦！我想當魔族！
請您別說這種極度政治不正確的話！

國王大人！請您派勇者去剷除我們村莊周圍的魔族吧！
我們怕孩童會被那些魔族汙染了！
拜託您了，國王大人！
所以，魔族實際上對你們做了什麼？
牠們目前還沒有做啦，但是總有一天會做的！
而且您看那些魔族的膚色和外表多麼噁心，一定有什麼傳染病！
我真想殺了你們。
!?
開玩笑的啦！不管你們有多麼噁心，你們都是我親愛的子民。

國王大人，最近政府高層和勇者公會的人都對您相當不滿呢，說您都替魔族講話。
我知道啊，所以呢？
要是一不小心，您可能會被那些人暗算啊！
這我也知道啊，然後呢？
您所追求的世界是真正的和平啊！為什麼他們都不能理解呢？
不能怪他們啦！有些人比起世界和平，更想追求自己心中的和諧啊！
放心啦！就算我出了意外，你一定也會繼續追求這個世界的和平吧！公平勇者！
這個世界要是少了您，就沒辦法和平啦！

某天，國家忽然宣布國王的死訊，高層人士宣稱國王是在外出時被魔族殺害。
據說國王臨死前的最後一句遺言是：「請幫我復仇，殺光那些可恨的魔族！」
隔天，國家派了幾位強大的勇者，把國家周圍的魔族村莊都滅了。
但我知道的，深愛魔族的國王絕對不會說那種話，也絕不會允許這種事情發生。
我為了替國王進行「真正的復仇」，不斷在公開場合發表人類與魔族皆平等的言論。
當然，國家高層非常排斥這種「危險」的理念，於是將我驅逐出境。
被驅逐出境的我，失去了人生目標，經過一番思索後，我決定要去打倒魔王。
只要我成為魔王，那人類和魔族就能夠獲得真正的和平了吧？

那個傳說中的黑勇者帶著軍隊來了啊！
該怎麼辦啊？大酋長！
哈哈！怕什麼？人類都只是一些弱雞啊！
獨眼酋長！你到底為什麼要殺我們的國王？
國王可是一直相信著魔族啊！他相信人類和魔族終究能夠和平相處啊！
哈哈，那不過只是他一廂情願的妄想，我們魔族才不需要他的施捨！
況且，我早就不爽他那種偽善的人了，殺了他也只是剛好而已啦！
是嗎……只是因為那麼愚蠢的理由嗎？
也好，這樣我就能夠放心的殺光你們了！
哈哈！誰怕誰啊！

是嗎？那個笨蛋國王死了啊……謝謝你告訴我，公平勇者。
這是應該的，因為妳是國王生前很重要的朋友啊，魔族。
我就老實跟你說吧，其實我是守護河川與海水的神靈。
妳在鬼扯什麼？別說這種褻瀆神明的話！
我沒有騙你，其實魔族四天王都是守護這個世界的神靈。
你們人類只相信那些看不見的神，卻將我們這些近在眼前的神靈當作魔族看待。
我們四天王其實都不想傷害人類，啊！除了他以外，他很想殺光人類呢……
算了，反正你也不信。
誰想殺光人類？要講就一次講清楚啦！

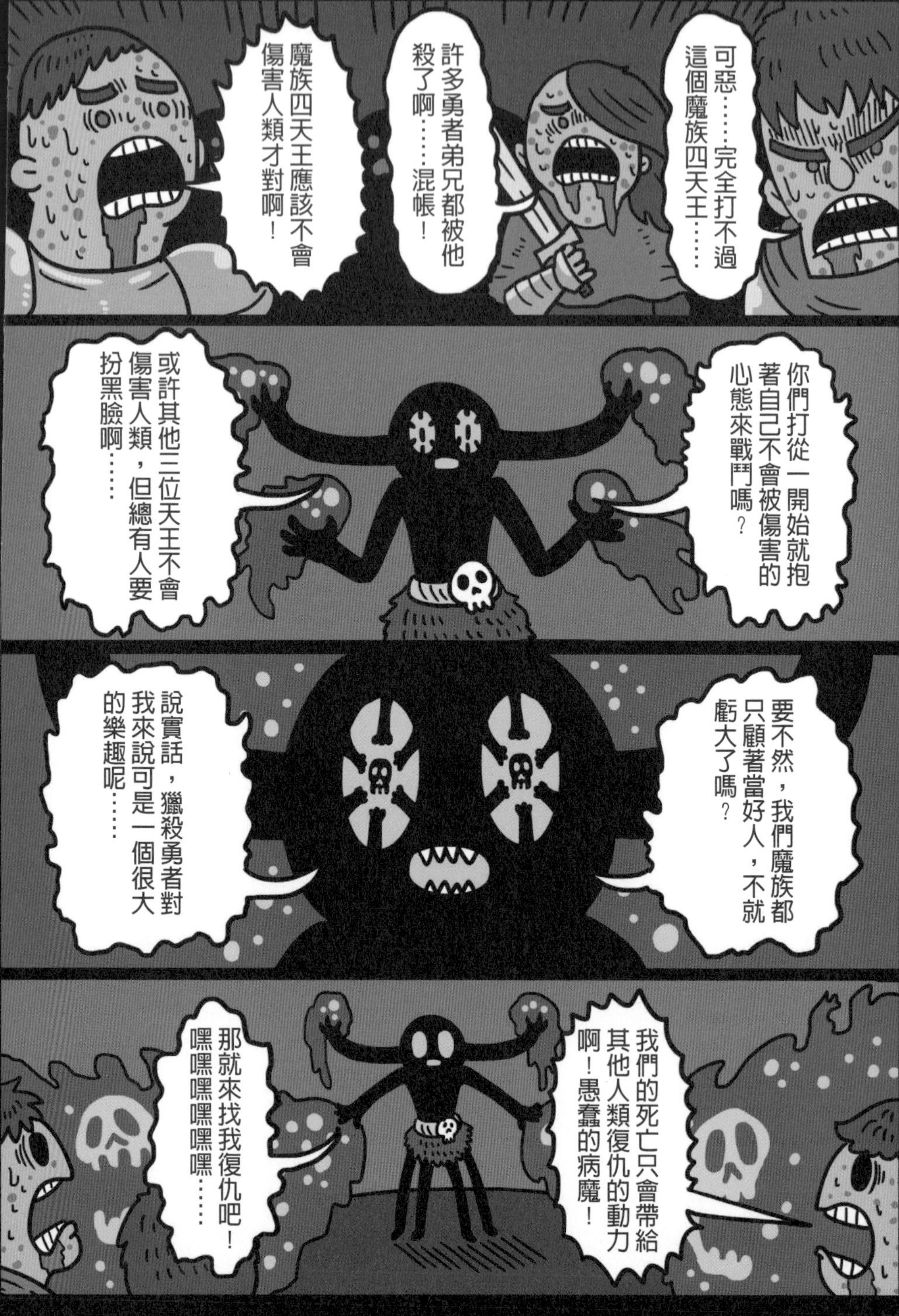
可惡……完全打不過這個魔族四天王……
許多勇者弟兄都被他殺了啊……混帳！
魔族四天王應該不會傷害人類才對啊！
你們打從一開始就抱著自己不會被傷害的心態來戰鬥嗎？
或許其他三位天王不會傷害人類，但總有人要扮黑臉啊……
要不然，我們魔族都只顧著當好人，不就虧大了嗎？
說實話，獵殺勇者對我來說可是一個很大的樂趣呢……
我們的死亡只會帶給其他人類復仇的動力啊！愚蠢的病魔！
那就來找我復仇吧！嘿嘿嘿嘿嘿嘿……

我看還是放棄這次的討伐任務吧，我們已經失去太多戰友了。
都已經走到這裡了！怎麼可以輕言放棄？
好想念家鄉的親人啊！
別往前了！別送死啦！燃起你們的生存慾吧！
加油！加油！把你們心中的戰鬥慾給澆熄吧！
DESIRE
唉呀……忽然不想要繼續戰鬥了啊。
是啊，活下去才是最重要的啊，回家吧！
我可以燃起你的任何慾望，也可以澆熄你的所有慾望！
誰叫我是最可愛的魔族四天王——慾望女王呢，呀哈哈哈♥

魔族四天王都到齊了，那麼，魔族的最後大魔王在哪裡呢？
早就辭職了。
DESIRE
咦？他不是還在最終的魔王塔裡等著勇者們去挑戰他嗎？
這個嘛，因為他付不起魔王塔的房租，所以乾脆辭職不幹了。
順帶一提，魔王塔是你們的政府蓋的喔！
呀，人家最喜歡這種信仰破滅的表情了！

前面就是前任魔王的住處了。
前任的魔王在傳聞中……
……是個極為恐怖的毀滅之王。
在他眼前的一切都會被毀滅殆盡……
我就是前任魔王唷！歡迎來到我的果園！
PEACE
我家的水果都是有機的，你可以吃吃看！
不可以！你不可以是這個樣子啊！
聽說你想要成為魔王啊？我會把我所知道的一切都傳授給你！
PEACE
我們一起為了世界和平努力吧！
你不可以說這種話啊啊啊啊啊啊！

前任魔王，魔族一直以來都那麼弱勢嗎？
魔族曾經比人類還要強勢，在好幾百年以前……
由那個哥布林「兇王」所領導的魔族，更是最顛峰的全盛時期。
傳說中的「兇王」是哥布林？歷史課本上根本沒提到啊！哥布林不是最弱的種族嗎？
你知道哥布林的原意是「上帝帶來的使者」嗎？但是在一次戰爭中……
GOD BRING
人類對所有的哥布林族施展了詛咒，他們的後代變得非常弱小……
嗚哇，好可悲……
唉，或許在未來的某一天，會出現跟「兇王」一樣偉大的哥布林呢！

想要人類和魔族皆平等的這種想法，真的很可笑嗎？
放在心裡是挺偉大的，但說出來就有點不切實際了。
你想要怎樣的平等？你確定每一個魔族都認為自己是弱勢的一方嗎？
若要追求平等，那人類不就要有所退讓嗎？這樣一來，人類又會覺得公平嗎？
我只是想要這個世界變得更和平一些。
好吧，或許和平不見得需要公平，你的意思是這樣嗎？
我不知道世界和平需不需要公平，但至少……
需要你這種願意去思考的人類。

我們偉大的國王已經離開了我們！縱使傷心難過，我們依然得要繼續前進。
讓我們全體國民熱烈歡迎新的國王！
親愛的子民，大家好！廢話就不多說啦，首先，我要頒布一項新政策！
我決定終止與龍族和巨人族的同盟！從現在起，龍族和巨人族都歸類為魔族！
為什麼？我們已經同盟好幾百年了，為什麼忽然終止？
對啊！
以前人類需要巨人幫忙建造房子，但現在我們已經擁有優秀的建築能力了！
以前需要龍族來防禦魔族，但現在我們擁有許多強悍的勇者，已經不需要你們了！

當我開始去了解魔族的生活後，我漸漸發現人類的可怕，許多勇者不需要任何理由，就濫殺無辜的魔族。
勇者們還會成群結隊，將一整座魔族村莊屠殺殆盡，有時候甚至不是為了任務，只是單純在享受自己的強悍。
慢慢的，我以自己是人類為恥。根據記載，只要得到傳說中的惡魔之心，就能利用它的黑魔法將自己轉變為魔族。
其實，要變成魔族不一定要利用那顆惡魔之心的黑魔法，因為，黑魔法一直都存在於——

咦？欸欸？你以前那麼帥喔？
怎麼現在變成這樣？
還連房租都繳不起？
沒辦法嘛，時間會改變一切啊！等一下，不會吧？聽完我的故事後就只有這個感想嗎？
這些故事完全沒有帶給你任何啓發嗎？你對我都沒有任何想法嗎？
MORE WANT
混帳，你至少要假裝很崇拜魔王大人啊！
別說了，炎魔，你這樣只會讓我覺得更難過！
MORE WANT

魔族來啦！
完蛋啦！
等一下！我們的救星來了！
看啊！那位勇者公會的「首席勇者」出現啦！
哇啊！
魔族，在事情還沒有變得更糟以前，我可以放你一條生路。
感、感激不盡！勇者大人！
看啊！多麼正直又善良的勇者！
不愧是代表勇者公會形象的「首席勇者」！
我們的勇者稅真是沒有白繳啊！

為什麼……你明明那麼強悍，
卻不殺了我們？只是把我們打暈？
我不懂！殺了我們還可以拿到更多經驗值和任務獎金不是嗎？
為什麼？怎麼可能會有那麼善良的勇者，你到底有什麼目的？
我是首席勇者，我只是照著所有人的期望而活，「所有人」也包括魔族。
況且，得到豐厚的任務獎金和經驗值並不是我理想中的正義。
可惡！有夠硬派！
你連魔族的心都要征服嗎？齁唷！給你征服就是了嘛！拿去啦！

魔王，我來向你催討這個月的房租！
又到了這天嗎……
首席勇者?!
你、你是要來抓我這個通緝犯的嗎？
Fired
別害怕，我只是來催討房租。
況且就算抓了你，也不能改善這個世界啊。
我這個月的手頭實在是有點緊啊……
MORE
算了，這個月我就先幫你付吧。
要是別人來催繳的話，我就幫不上忙囉。
他是真正的勇者啊！
他的確是啊！
got Fired

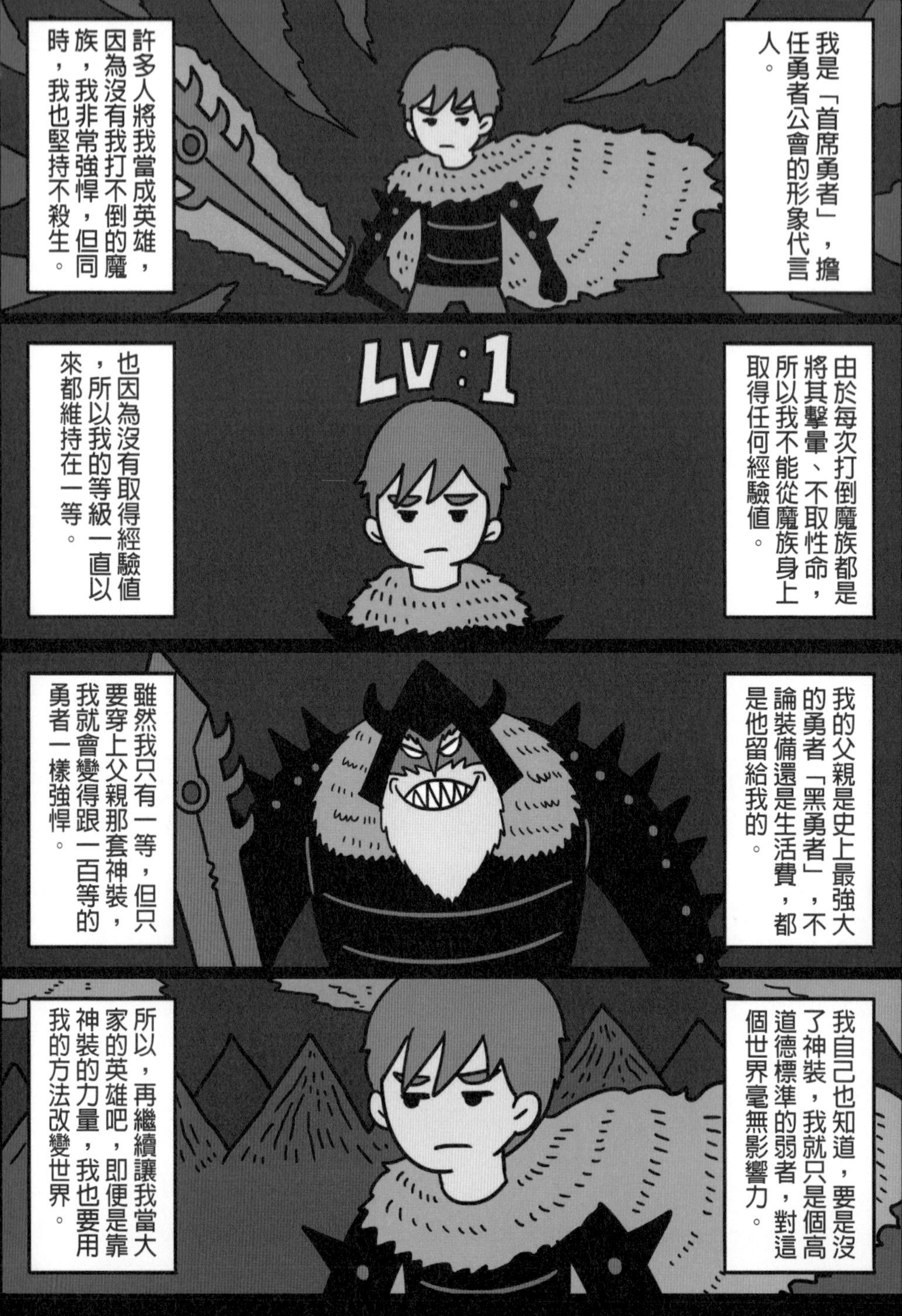
我是「首席勇者」，擔任勇者公會的形象代言人。
許多人將我當成英雄，因為沒有我打不倒的魔族，我非常強悍，但同時，我也堅持不殺生。
LV:1
由於每次打倒魔族都是將其擊暈、不取性命，所以我不能從魔族身上取得任何經驗值。
也因為沒有取得經驗值，所以我的等級一直以來都維持在一等。
我的父親是史上最強大的勇者「黑勇者」，不論裝備還是生活費，都是他留給我的。
雖然我只有一等，但只要穿上父親那套神裝，我就會變得跟一百等的勇者一樣強悍。
我自己也知道，要是沒了神裝，我就只是個高道德標準的弱者，對這個世界毫無影響力。
所以，再繼續讓我當大家的英雄吧，即便是靠神裝的力量，我也要用我的方法改變世界。

首席勇者大人！感謝您擊退魔族、拯救了我們的村莊，這裡是要給您的報酬……
不用了，把那些錢拿去重建村莊吧。
首席勇者大人，您是何等的慷慨啊！您是個真正的勇者啊！
您簡直是個聖人！您是所有勇者的楷模啊！
感謝您！再見了！
路上小心啊！首席勇者大人！
您是我們的英雄！
我看我們以後都請首席勇者來幫忙好了。
對啊，其他勇者還會向我們拿報酬呢！

首席白癡！你又沒跟村民收任務完成的報酬了，對吧？
你這樣會破壞勇者的市場行情啦！
ME TWO
我可不是為了那些報酬才來當勇者的，我只是想要幫助……
閉嘴！那是因為你夠強，而且不愁吃穿，才可以當自己理想中的勇者！
你可知道有多少勇者是拚了命才完成那些對你來說輕而易舉的任務嗎？
你或許是村民的英雄，但對勇者來說，你可是個比魔王還可怕的存在啊！
ME TWO
我的堅持竟然會影響到其他勇者……那我該怎麼辦才好？
從現在開始，我會替你收下所有的報酬！這樣你就可以繼續堅持你的偉大理想了！

勇者公會中，有兩位被賦予「形象代言」稱號的勇者，一位是首席勇者，另一位就是這次要介紹的「第二勇者」。
ME TWO
「第二勇者」是世界上第二強的劍士、第二強的坦克、第二強的刺客、第二強的魔法師、第二強的補師。
ME TWO
HP
她還被票選為最有魅力女性第二名、第二強的廚師、第二強的……所有職業。
除此之外，她也是第二了解這個世界真相的人，並且有著第二大的野心，「第二勇者」正在用她的方法改變世界。
ME TWO

這裡就是第一座被魔族給毀滅的人類村莊呢。
它的存在彷彿在提醒著人類：魔族有多麼可怕。
明明也有那麼多魔族村莊被人類毀了，卻連一座遺跡都沒留下。
怎麼？你在替魔族抱不平嗎？你以為自己是那個「公平勇者」啊？
他選擇把自己變成魔族來逃避問題，我可不一樣，我要以人類的身分去解決這些問題。
是是是！你最了不起了！話說回來……
這座村莊，或許是目前最和平的村莊吧。
ME TU
ME TU

我看你也閒閒沒事，不如就跟我一起去解任務賺錢吧！
但我正在被通緝中啊！去解任務的話不就馬上被抓去關了？
你只要換套衣服、換個新的稱號就可以啦！
這樣一眼就被認出來了啊！
別擔心，他們一定都會以為你是新的勇者。
這就是你們人類可愛的地方啊！哈哈哈！
I'm Fire thank U
怎麼可能啊……
隔天
感謝你們救了我們的村莊，綠鬍子勇者、藍骷髏勇者！
還真的被大家給忘得一乾二淨呢……
看吧！

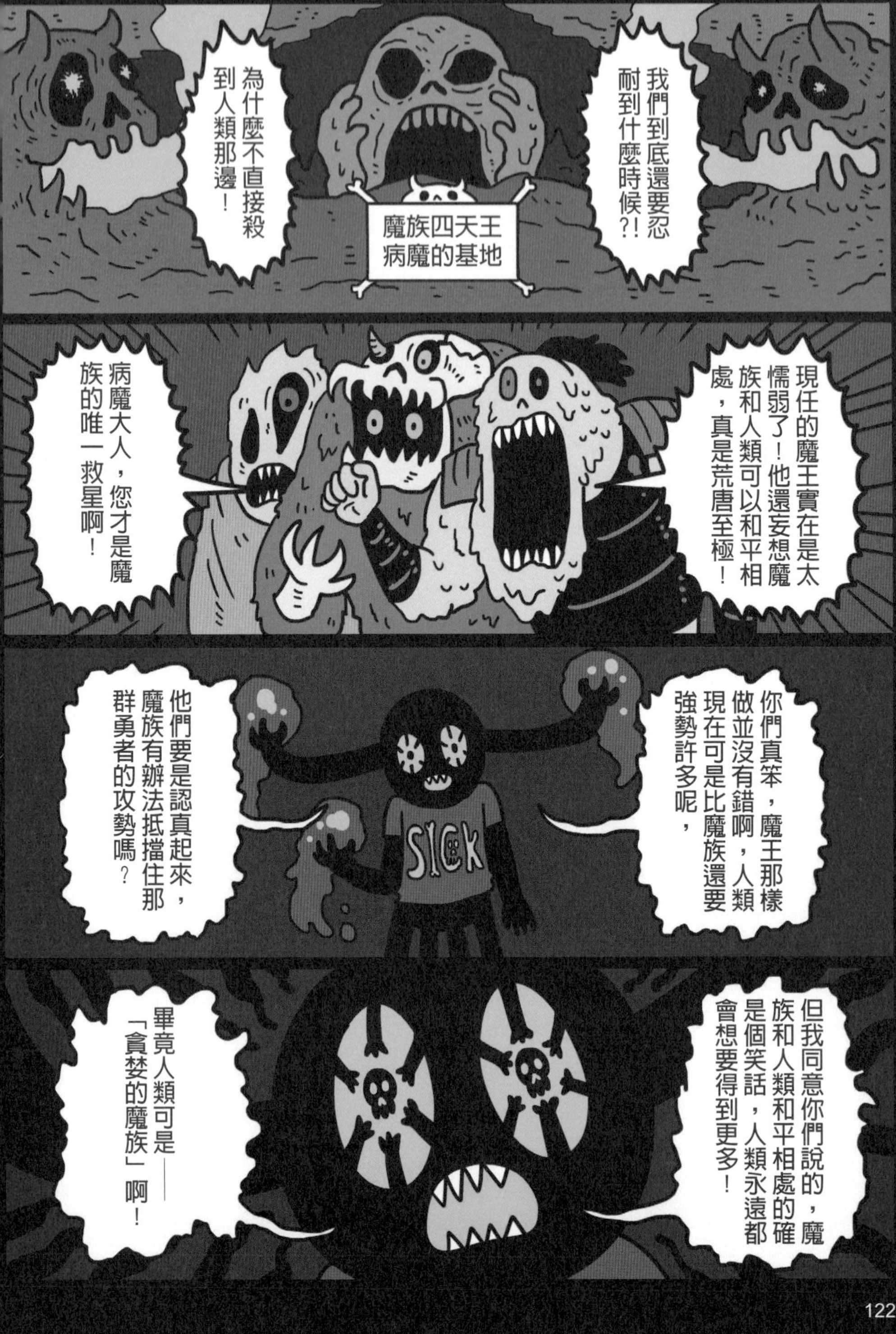
我們到底還要忍耐到什麼時候?!
為什麼不直接殺到人類那邊！
魔族四天王病魔的基地
現任的魔王實在是太懦弱了！他還妄想魔族和人類可以和平相處，真是荒唐至極！
病魔大人，您才是魔族的唯一救星啊！
你們真笨，魔王那樣做並沒有錯啊，人類現在可是比魔族還要強勢許多呢，
他們要是認真起來，魔族有辦法抵擋住那群勇者的攻勢嗎？
SICK
但我同意你們說的，魔族和人類和平相處的確是個笑話，人類永遠都會想要得到更多！
畢竟人類可是──「貪婪的魔族」啊！

在很久以前，病魔曾經和人類很要好，而且他當時的名字叫作病神。
他掌管了所有的疾病，但他不想危害人類，所以一直將那些疾病封印在自己的身體裡。
直到某任人類的國王將他歸類為魔族，並且賜予他一個新的名字——「病魔」。
SICK DEMO
現在回想起來，要是當時的國王沒有做出這個決定的話，
這世界上，肯定就沒有那些因為病痛而死亡的人類了，對吧？

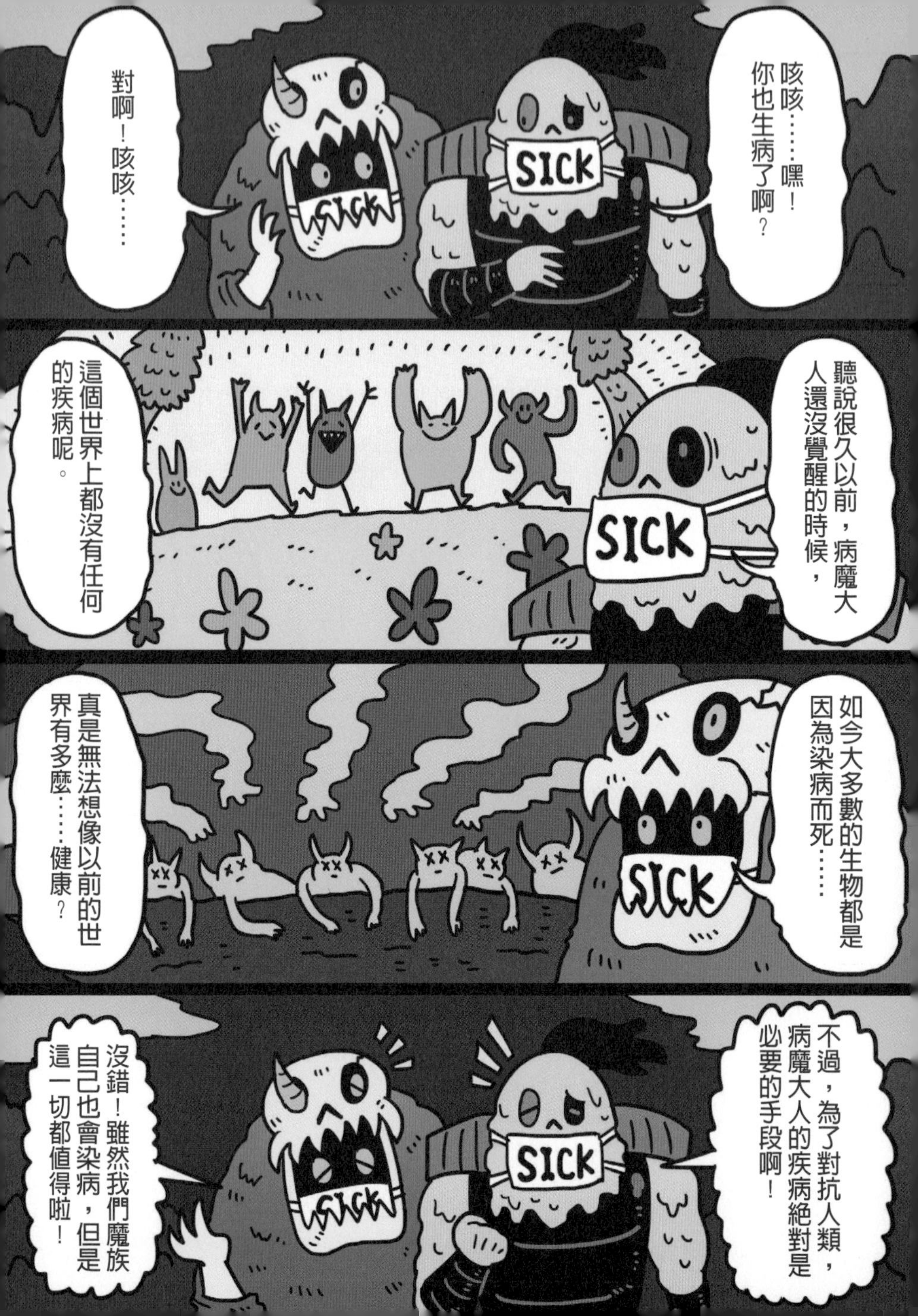
咳咳……嘿！你也生病了啊？
SICK
SICK
對啊！咳咳……
聽說很久以前，病魔大人還沒覺醒的時候，
SICK
這個世界上都沒有任何的疾病呢。
如今大多數的生物都是因為染病而死……
SICK
真是無法想像以前的世界有多麼……健康？
不過，為了對抗人類，病魔大人的疾病絕對是必要的手段啊！
SICK
SICK
沒錯！雖然我們魔族自己也會染病，但是這一切都值得啦！

「做了一百件好事、卻不小心做了一件壞事的人」跟「任何事情都沒有做的人」……
你覺得誰才是惡人呢？
嗯……
鬼才知道，反正他們都是人，有差嗎？

80歲以前要完成的1000件事
想當年，我所做的一切努力都是為了理想啊！
嗯，那現在呢？
嗯……
……為了理財。

村民的日子好苦啊！
對啊！
不管是收入還是尊嚴都遠遠比不上勇者！
勇者大人！您什麼時候才會來替我們向國家抗議呢？
嗯……
什麼時候啊……
等到你們自己向國家抗議的時候吧！

太厲害啦！你打倒了怪物，拯救了村莊！你是村民之光啊！
把那個村民抓起來！
遵命。
咦？勇者大人，為什麼要抓我？
村民不能自己動手殺怪物啊，這可是犯法的喔。
你就到牢裡好好的反省反省吧！
誰叫他要多管閒事，真是活該。
等等！這合理嗎？這真的合理嗎？

精靈族，來到魔族有一段時間了，妳有什麼感想？
和我想像中的差不多呢。
怎麼？覺得無趣嗎？
不，只是覺得魔族果然是個既認命又認真工作的民族呢！
哈哈哈哈！
妳以為我們想啊？
I'm Fire thank U

誰快點去把那個哥布林的屍體收拾乾淨好嗎？
對啊！放在那邊超礙眼的！話說他幹嘛沒事跑來這裡？
區區一個哥布林還敢踏進人類的村莊，真可笑！
……
安息吧，
我的同胞。
我不知道你是為了什麼才踏進人類的村莊，
我只知道，你的勇氣是我見過最美的鮮紅色。

我曾經是個出色的勇者，人們稱呼我「正統勇者」。
我靠著我那把名為「信念」的劍，拯救了無數的人。
但是，為了保護人們，我失去許多重要的東西，無論是夥伴、家人還是戀人。
到最後，我只剩下這把劍，至少，還有這把劍陪著我。
沒想到，這把劍卻因為村民的惡作劇而斷掉了。
啊啊，這就是我花了一輩子努力所換來的結果嗎……
把我利用完後就丟到一旁嗎？不管是國家、其他勇者還是村民都一樣……
唉，乾脆就把這個世界搞得一蹋糊塗吧，反正我的「信念」也斷了，對吧？

為什麼？我跟你一樣都是勇者啊！
饒了我……
我以前向你求助時，你絲毫不把我放在眼裡，現在倒是學會求饒了啊？
你們這些占盡社會資源的流氓，根本不配被稱為勇者！
解決掉「忠犬勇者」了，不知道那些「主人」會有什麼動作。
SORRY·BRAVE
CHIEF·BRAVE
SECOND·BRAVE
NIGHTMARE·BRAVE
FROST
ROGUE·BRAVE
DESPAIR·BRAVE
LOYALDOG·BRAVE
SUPERSTAR·BRAVE
哼哼，名單上還有很多需要解決的勇者呢。
聽說他們正在前往龍族的路上，真是的……
連昔日同盟都能輕易屠殺……果然是人類啊。

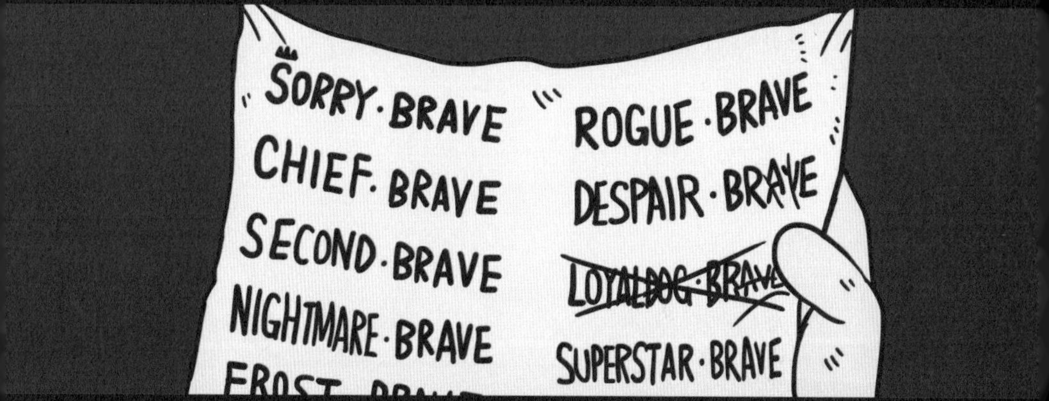
SORRY·BRAVE
CHIEF·BRAVE
SECOND·BRAVE
NIGHTMARE·BRAVE
ROGUE·BRAVE
DESPAIR·BRAVE
LOYALDOG·BRAVE
SUPERSTAR·BRAVE

第一集（完）

序章

一個魔族的故事

?
O
X

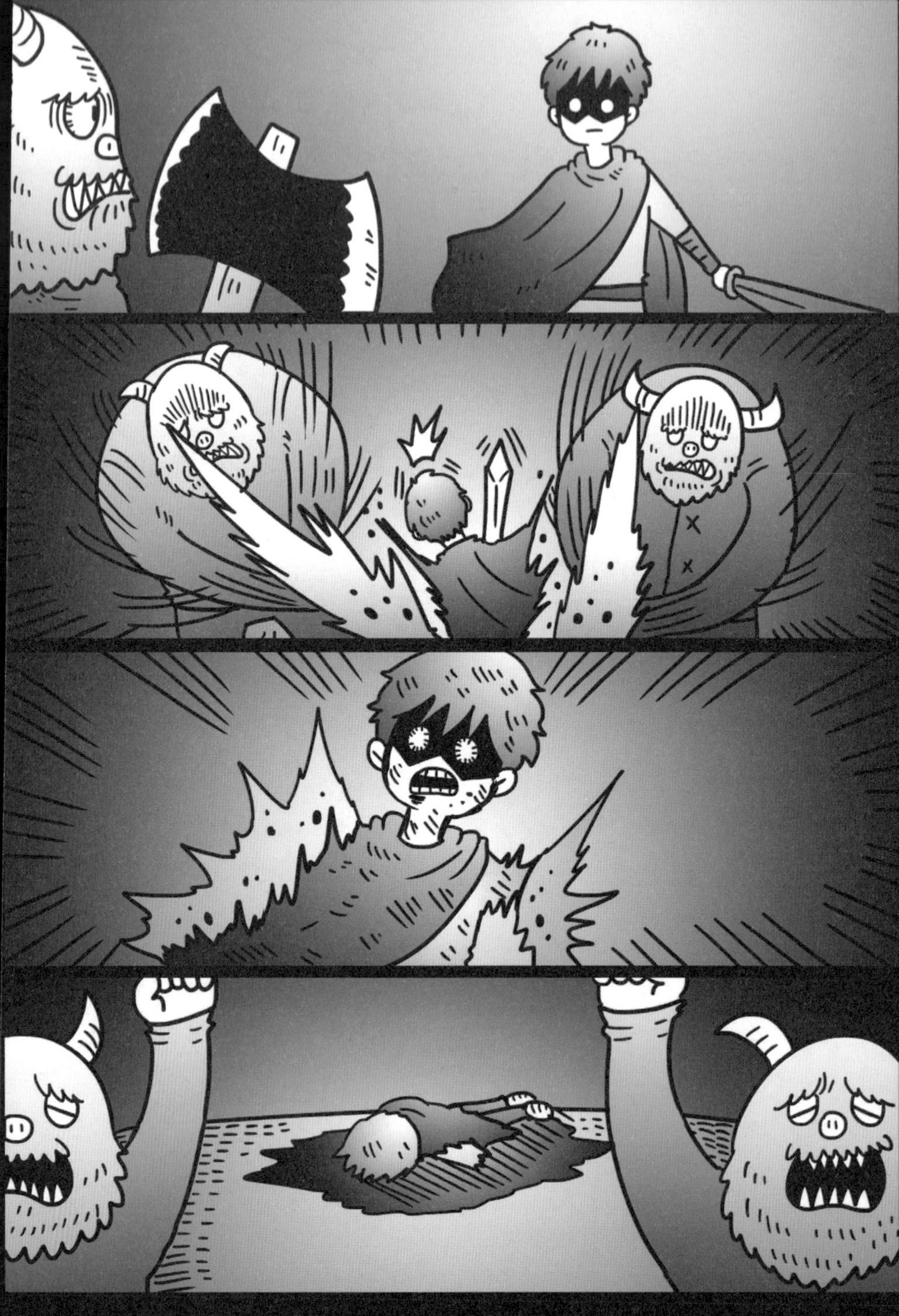

序章（完）

設定集

人類村民

在這個世界扮演非常重要的角色，基本上都以「快樂」的形象出現。

魔族村民

基本上都以「害怕」及
「弱小」的形象出現。

長耳精靈族

居住在北方森林中的精靈族，
擁有較高的智慧與魔力。

獸耳精靈族

居住在南方森林中的精靈族，
擁有過人的敏捷性。

矮人族

擁有優越的技術力與力量，
勇者國的武器大部分都是矮人製造的。

龍族

居住在北方山谷的強大種族。

巨人族

擁有強大力量的種族。

其他種族

在未來的故事中，也有機會出
現這些種族。

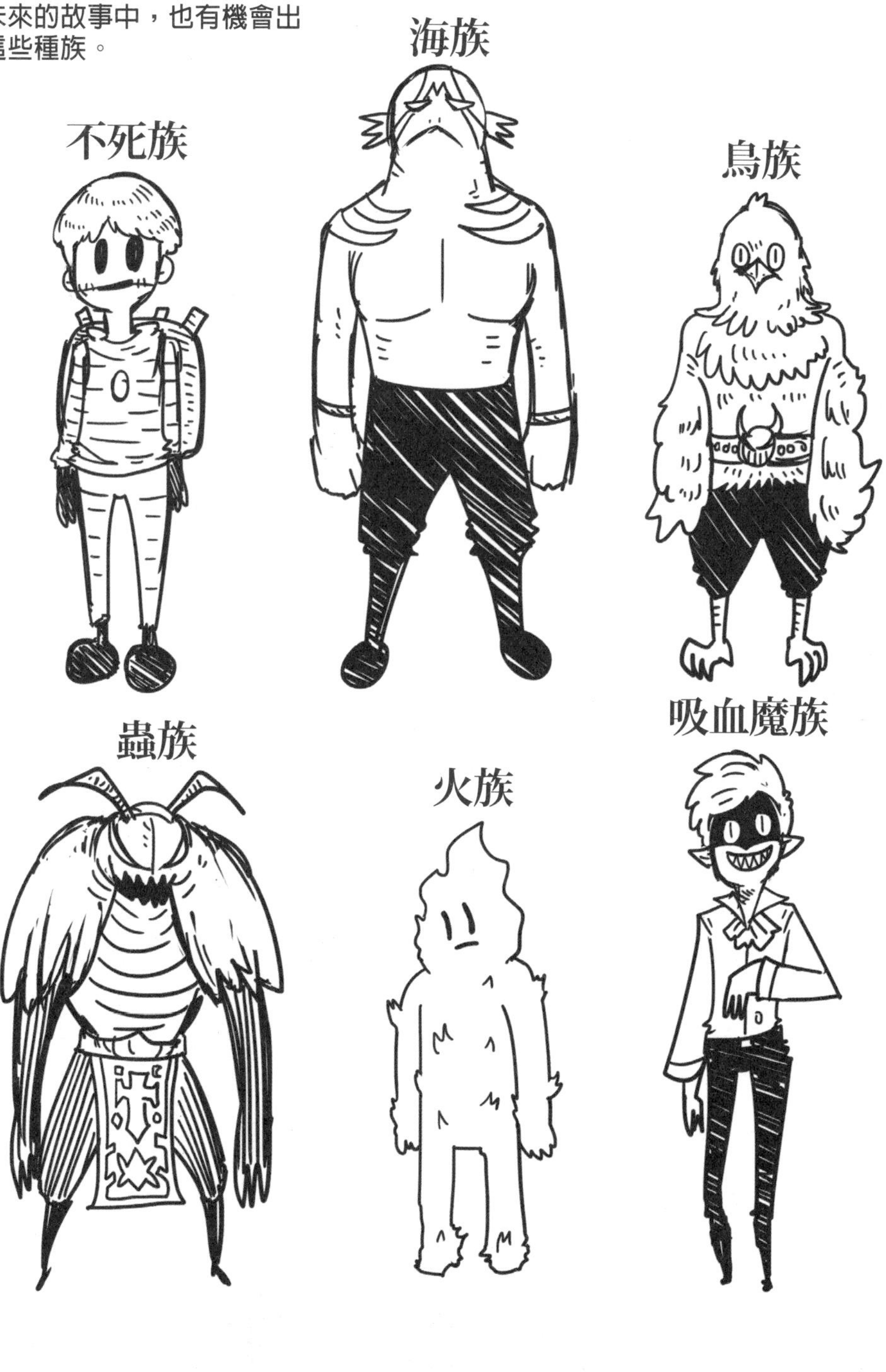

如何成為勇者？

在故事中，成為勇者的方式有幾種，
第一種：參加勇者徵選會，通過面試及考試就能取得勇者的資格。

今天是一年一度的勇者徵選會，無所事事的我為了求一個飯碗而來這裡報名。

第二種：錯過勇者的徵選，又想當勇者該怎麼辦？別擔心！
只要有不錯的實力，依然可以直接去申請勇者的資格！

怎麼辦？畢業後到底有什麼工作可以做？
擔心什麼？你有很多選擇啊！

第三種：當國家把某個人當成威脅時，國家會派人親自邀請他成為勇者，當然，他也可以拒絕，不過……或許還是不要拒絕比較好。

打從出生開始，我就會操控火焰，儘管母親一直隱瞞這個消息，仍逃不過國家的眼睛。

成為勇者後要做些什麼？

首先，勇者可以向村民「取得」任何想要的資源，畢竟勇者可是非常偉大的。

而「消滅魔族」就是勇者最重要的工作之一，
對人類而言，魔族的存在是個威脅，勇者必須剷除這些威脅。

當然，勇者有許多種，有擅長戰鬥的，也有擅長「維護」國家的，
無論如何，每一位勇者都是國家最重要的資產，請以身為勇者為榮吧！

四大組織

從前，有四名強悍的勇者聯手打倒了當時的魔王。之後他們各自成立了自己的組織，分別是「鐵戰士」、「魔法學院」、「盜賊互助會」、「教團」，四大組織一直以來都在協助國家，勇者中也有許多人隸屬於四大組織。

鐵戰士

包含劍士、坦克及戰士。
鐵戰士非常重視紀律，
是既強大又守秩序的武裝軍團。

魔法學院

培育許多魔法師，另外，學院圖書館收藏非常多書籍，是學院最重要的寶物。

盜賊互助會

盜賊最主要的任務就是盜取魔族的寶物，通常不會對人類出手。

教團

帶領人們信奉「神」，教團中的補師經常治療病患及傷者，所以對大多數人類來說，教團是個令人安心的存在。

勇者——劍士型

以劍為武器，兼具攻擊力與防守力，是極為平衡的類型，
穿著輕甲與披風，是較常出現於故事中的勇者類型。

勇者——坦克型

擅長使用盾牌防禦，著重於防守的類型，
穿著重盔甲，在隊伍中擔任重要的角色。

勇者——戰士型

擅長使用重武器，專注於攻擊的類型，
基本上都捨棄了防禦的手段。

勇者——盜賊型

擅長使用匕首、暗器，著重在隱匿、偷襲、偵查等技能，
大多數盜賊都隸屬於「盜賊互助會」。

勇者——魔法師型

擅長使用魔法，著重於攻擊的類型，
大多數魔法師都隸屬於「魔法學院」。

勇者——射手型

擅長使用弓箭，著重於遠距離攻擊及高機動力，同時也擅長偵查、設置陷阱等技能。

勇者——補師型

擅長治療、強化隊友，是隊伍中的核心人物，
大多數補師都隸屬於「教團」。

勇者系列：勇者與魔族四天王／黃色書刊 著. -- 初版. – 臺北市：時報文化， 2019.5；面 ；14.8 ╳ 21 公分. --（Fun：057）

ISBN 978-957-13-7798-8（平裝）

855　　108005934

Fun 057

勇者系列／勇者與魔族四天王

作者　黃色書刊｜主編　陳信宏｜副主編　尹蘊雯｜執行企畫　曾俊凱｜美術協力　FE設計｜編輯顧問　李采洪｜董事長　趙政岷｜出版者　時報文化出版企業股份有限公司　108019 台北市和平西路三段240號3樓　發行專線—(02)2306-6842　讀者服務專線—0800-231-705・(02)2304-7103　讀者服務傳真—(02)2304-6858　郵撥—19344724 時報文化出版公司　信箱—10899臺北華江橋郵局第99信箱　時報悅讀網—www.readingtimes.com.tw　電子郵件信箱—newlife@readingtimes.com.tw　時報出版愛讀者—www.facebook.com/readingtimes.2｜法律顧問　理律法律事務所　陳長文律師、李念祖律師｜印刷 華展印刷有限公司｜初版一刷　2019年5月17日｜初版三刷　2021年8月25日｜定價 新台幣300元｜

時報文化出版公司成立於1975年，1999年股票上櫃公開發行，2008年脫離中時集團非屬旺中，以「尊重智慧與創意的文化事業」為信念。